नई नारी

सीता की माँ

शकुंतला

नई नारी

सीता की माँ

शकुंतला

श्री रामवृक्ष बेनीपुरी

प्रतिभा प्रतिष्ठान, नई दिल्ली

प्रकाशक : प्रतिभा प्रतिष्ठान,
694-बी, (निकट अजय मार्केट) चावड़ी बाजार, दिल्ली-110006
 / संस्करण : 2024 / मूल्य : चार सौ रुपए
मुद्रक : प्रिंट मीडिया, नई दिल्ली
ISBN 978-93-83111-96-1

NAYI NAARI : SITA KI MAA : SHAKUNTALA
by Shriramvriksha Benipuri
₹ 400.00
Published by **PRATIBHA PRATISHTHAN**
694-B, (Near Ajay Market) Chawri Bazar, Delhi-110006

'नई नारी' : नारी-समस्या का विश्लेषणात्मक दस्तावेज

हिंदी गद्य के इतिहास में श्रीरामवृक्ष बेनीपुरी अपनी असाधारण शैली के लिए याद किए जाते रहे हैं। इसका यह अर्थ कदापि नहीं कि उनके गद्य का वस्तुपक्ष लक्षणीय नहीं है। वास्तविकता यह है कि उनके गद्य का वस्तुपक्ष विविधता तथा नई मानवता के स्वरूप-विवेचन के संदर्भ में लक्षणीय ही नहीं, अद्वितीय भी है। बेनीपुरी के नाटक, एकांकी, कहानियाँ, रेखाचित्र, संस्मरण, यात्रा-वर्णन, उपन्यास तथा निबंधादि वस्तुपक्ष की विविधता के प्रमाण हैं। उनमें झोंपड़ियों से लेकर महलों तक और प्रकृति के नाना रूपों से लेकर विज्ञान के नए-नए आविष्कारों तक कई विषय समाहित हैं। अकेले उनके रेखाचित्रों को लें तो भी वस्तुगत विविधता दृष्टिगोचर होती है। उनके रेखाचित्रों में जहाँ एक ओर जीवन के अलग-अलग क्षेत्रों के पात्र मिलते हैं, वहीं दूसरी ओर प्राणी, दृश्य, विचार, भावना और प्रवृत्ति के भी दर्शन होते हैं।

ध्यातव्य है कि मात्र वस्तुगत वैविध्य किसी साहित्यकार को महान् नहीं बनाता। जो साहित्यकार अपने साहित्य के माध्यम से युगानुकूल नई दृष्टि या उससे भी आगे बढ़कर सुदूर भविष्यकालीन मानवता के लिए उपयोगी नई दृष्टि प्रदान नहीं करता, वह सात सवारों में एक बनकर रह जाता है। बेनीपुरी-साहित्य के दीर्घकालीन अनुशीलन से प्राप्त प्रमाणों के आधार पर मेरा मन यह कहने के लिए बाध्य हो जाता है कि बेनीपुरी के गद्य में सुदूर भविष्य के लिए उपयोगी नई दृष्टि तथा उससे उद्भूत बहुआयामी चिंतन, दोनों गहन रूप में विद्यमान हैं।

इनके बल पर बेनीपुरी मात्र अपने युग के साहित्यकार नहीं रह जाते, वे भविष्य की आहट सुनकर, नई मानवता को आकार देने में बड़ा योगदान देनेवाले कालजयी साहित्यकार बन जाते हैं।

बेनीपुरी के गद्य में, विशेषकर उनकी 1945 के बाद की रचनाओं में नई मानवता के लक्षणों के स्पष्ट दर्शन होते हैं। नारी-जीवन मानव-जीवन का महत्त्वपूर्ण अंग है, अत: जब तक नारी-जीवन को नवीनता का अंतर्बाह्य स्पर्श नहीं होता, तब तक नई मानवता का विचार अधूरा रह जाता है। एक समाजवादी चिंतक के नाते श्रीरामवृक्ष बेनीपुरी शोधपरक लेखन के क्षेत्र में एक कमी बराबर अनुभव करते रहे। भारतीय अध्येता तथा विचारक राष्ट्रीय मुद्दों में ही इतने फँसे रहे कि उन्हें सामाजिक, धार्मिक आदि समस्याओं पर सोचने-विचारने का अवसर ही नहीं मिला। इन मुद्दों के भविष्य-कालीन स्वरूप की कल्पना करना तो दूर, इनकी भूतकालीन स्थितियों तथा परिवर्तनों को जानने-समझने का कष्ट भी हमने नहीं उठाया।

इस स्थिति को दुःखद और दुर्भाग्यपूर्ण कहते हुए उन्होंने अपनी ओर से गंभीरतापूर्वक प्रयास किया तथा नारी-समस्या के मसले पर विचार परिप्लुत शोध-आलेख लिखे। 'नई नारी' उन्हीं आलेखों का संकलन है। यह सन् 1949 की रचना है और 'बेनीपुरी ग्रंथावली' के तृतीय खंड में पहले प्रकाशित भी हुई है। अब स्वतंत्र पुस्तक के रूप में इसका प्रकाशन हो रहा है। इसमें ऐसी-ऐसी सामग्री हैं कि पाठक बेनीपुरी की प्रगतिशील विचारधारा से चौंककर नारी-समस्या के अन्यान्य पक्षों पर जरूर सोचेंगे।

बेनीपुरी ने इन लेखों को निबंध या लेख न कहकर प्रबंध कहा है। प्रबंध-लेखन विशेष योग्यता तथा प्रविधि की माँग करता है। उसमें योजनाबद्धता, विषय से संबंधित प्राचीन एवं आधुनिक साहित्य का गहन अनुशीलन-विश्लेषण, पुष्ट प्रमाणों के आधार पर वस्तुनिष्ठ विवेचन और निष्कर्ष अपेक्षित होते हैं। 'नई नारी' अनुसंधान की प्रविधि तथा प्रक्रियागत विशेषताओं से युक्त रचना है, जो नारी-समस्या के लगभग सभी पक्षों पर वैज्ञानिक दृष्टि से विचार करने का आग्रहपूर्वक प्रतिपादन करती है।

बेनीपुरी ने 'नई नारी' के प्रबंधों में उत्पीड़न तथा शोषण से संत्रस्त नारी-

जीवन के कटु यथार्थ को एक न्यायाधीश की भाँति निष्पक्षता, तार्किकता एवं निर्भीकता के साथ सोचकर वस्तुनिष्ठ रूप से सामने रखा है। कहीं-कहीं पर उनकी भाषा ने तीखा रूप ग्रहण किया है, लेकिन जैसा कि उन्होंने आरंभिक अति संक्षिप्त भूमिका में स्पष्ट किया है, हमारे समाज में नारीसंबंधी विचारों में जो जड़ता देखी जाती है, उसे दूर करने के लिए झखझोरनेवाली झिंझोर की आवश्यकता थी, इसीलिए 'नई नारी' में बेनीपुरी कई जगहों पर सख्त-सुस्त सुनाते हुए दिखाई देते हैं। इन प्रबंधों में नारी-समस्या के हर पक्ष को जिस गहन विश्लेषण के साथ प्रस्तुत किया गया है, उसे देखते हुए यह कहना अनुचित नहीं जान पड़ता कि 'नई नारी' नारी-समस्या विश्लेषण से युक्त-अनूठा दस्तावेज है, जो नारी उत्पीड़न का यथार्थ ही प्ररतुत नहीं करता, उससे मुक्ति के तर्कसम्मत एवं साहस भरे उपाय भी सुझाता है।

'नई नारी' के माध्यम से बेनीपुरी इस तथ्य पर प्रकाश डालते हैं कि नारियों का उत्पीड़न और शोषण तभी बंद होगा, जब नारियों के बारे में हमारी धारणाएँ बदल जाएँगी। पुरुष-वर्ग नारियों को हमेशा पीछे देखने, भूतकाल में झाँककर सतीत्व के आदर्श पालन करने की सलाह देता आ रहा है। बेनीपुरी स्पष्ट ही कह देते हैं कि पुरुष-वर्ग की यह सलाह पक्षपातपूर्ण और स्वार्थमूलक होती है। पुरुष यह भूल जाता है कि प्राचीनकाल में सतीत्व के चरम आदर्श रूप में सीता ही नहीं हुई, द्रौपदी भी हुई, जिसने पाँच पांडवों को अपने इशारे पर चलने के लिए बाध्य कर रानी बनने का अधिकार सुख भोगा। (सीता और द्रौपदी)

पुरुष वर्ग नारी के साथ एकाधिपत्य की भावना से पेश आता है। एकाधिपत्य की भावना नारी-उत्पीड़न का महत्त्वपूर्ण कारण है। 'नारी-जागरण और विवाह-बंधन' शीर्षक प्रबंध में पुरुष द्वारा नारी पर एकाधिपत्य स्थापित करने की भावना का स्वरूप, कारण, आरंभिक युग में एकाधिपत्य का स्वरूप, एकाधिपत्य के कारण विवाह-बंधनों की कठोरता, बदली हुई परिस्थितियों में विवाह-बंधनों में आ रही शिथिलता आदि की विस्तृत व्याख्या है। नारी की जन्मजात शारीरिक विशेषताएँ, गर्भाधारण की क्षमता के कारण उत्पन्न जरूरतें, अपने तथा बच्चों के पालन-पोषण हेतु पुरुष के आधार की जरूरत, इन सब कारणों से विवाह-बंधन और पाबंदियाँ दृढ होती गईं, लेकिन वैज्ञानिक आविष्कारों, सरकारी सुविधाओं

से इन परिस्थितियों में परिवर्तन हो रहा है। बेनीपुरी परामर्श देते हैं कि बदली हुई परिस्थितियों में विवाह-बंधन के पुराने नियम छोड़ देने चाहिए। अब स्त्री-पुरुष संबंध में बराबरी को जन्म देनेवाला मैत्रीभाव जरूरी है। संतान के रूप में जीवित रहने, अमर होने की परंपरागत धारणा और संतान में रक्तशुद्धि की अवधारणा पर भी पुनर्विचार की जरूरत है। विवाहित स्त्रियों पर सौभाग्य चिह्नों के नाम पर लादे गए अलंकारों तथा वस्त्र-प्रावरणों के बंधनों पर भी नए ढंग से सोचने की जरूरत है। नारियों को घर-आँगन के कार्यों तक सीमित रखना, बाहर के कार्यों से वंचित रखना उचित नहीं। 'कॉलेज की लड़कियाँ' शीर्षक प्रबंध में बेनीपुरी ने घर-आँगन से मुक्त हो जीवन के विविध क्षेत्रों में अवसर खोजनेवाली 'नई नारी' की भाव-भावनाओं, आकांक्षाओं का समर्थन किया है। इन नई अवधारणाओं को पढ़कर कुछ पुरुषों के कान खड़े हो सकते हैं, लेकिन नारी-जागरण की दिशा को देखते हुए पुरुषों को अपनी एकाधिपत्य की भावना को शिथिल करना ही होगा।

बेनीपुरी हमें 'पंचकन्याओं' को याद दिलाकर समझाना चाहते हैं कि आधुनिक दृष्टियों से देखने पर उनमें से कुछ के चारित्रिक धब्बे छिपाए नहीं जा सकते, फिर भी उनको प्रातः स्मरणीय माना जाता रहा है। इसका अर्थ यह हुआ कि सतीत्व संबंधी हमारे आदर्श हर युग में एक जैसे नहीं रहे। एक समय ऐसा था, जब यह नहीं देखा जाता था कि नारी किसके संग क्या करती है, पर यह देखा जाता था कि वह क्या है और उसने मानवता को क्या दिया? (पंचकन्याएँ) 'नई नारी' में अपने विचारों की पुष्टि हेतु बेनीपुरी ने 'शाकुंतल' , 'रामायण', 'रामचरितमानस', 'महाभारत', 'यैमिनी', 'मीमांसा' आदि ग्रंथों से प्रमाण दिए हैं। 'सतीत्व का भारतीय आदर्श', शीर्षक प्रबंध में, महाभारत के आदिपर्व में पांडु के कहे वाक्यों को उद्धृत किया गया है, "पूर्व में सब स्त्रियाँ स्वाधीन थीं....वे चाहे जिसके साथ रह सकती थीं। स्वजन उन्हें रोक न सकते थे। क्वाँरी रहने पर भी स्त्रियाँ रति करती थीं, पर उनका वह काम दोष न समझा जाता था, क्योंकि उस समय सामाजिक नियम ही ऐसा था।"

बेनीपुरी साफ कहते हैं कि हर समय प्राचीन सभ्यता की दुहाई देनेवाले लोग पांडु के इन वाक्यों की ओर ध्यान दें और सतीत्वविषयक मान्यताओं के

बदलते स्वरूप की वास्तविकता को स्वीकार करें। ऐसा होने पर पुरुष की एकाधिपत्य की भावना धीरे-धीरे समाप्त होगी। नारी जीवन की प्रकट-अप्रकट सभी दीवारें धीरे-धीरे ढह जाएँगी। पुरुषों को अन्य नारी के साथ संबंध रखने की छूट हो, पत्नी की मृत्यु के बाद दूसरा विवाह करने की छूट हो, लेकिन स्त्रियाँ विधवा हो जाएँ तो आजीवन अपनी इच्छाओं को दमन करती रहें, यह घोर अन्याय है। स्पष्ट है कि बेनीपुरी विधवा-विवाह के समर्थक हैं।

'नई नारी' के 'वेश्या बनाम सती' शीर्षक प्रबंध में बेनीपुरी ने वेश्या समस्या का बहुत विस्तार से विवेचन किया है। उनके मतानुसार वेश्या-समस्या महान् नारी समस्या का एक अंग है। नारियाँ वेश्या कब और क्यों बनती हैं? बेनीपुरी ने सभी कारणों की सोदाहरण चर्चा कर स्पष्ट कहा है कि जब तक नारी को अपने अनुरूप जीवन-साथी के चयन की स्वतंत्रता नहीं होगी, जब तक नारी के साथ पुरुष एकाधिपत्य की भावना से पेश आता रहेगा, जब तक नारी की इच्छाओं को दबाया जाता रहेगा, जब तक विधवा-विवाह के लिए रोक बनी रहेगी, तब तक समाज में कुछ स्त्रियाँ विद्रोह कर वेश्याएँ बनती रहेंगी। संक्षेप में, 'नई नारी' श्रीरामवृक्ष बेनीपुरी की गंभीर विचार-प्रधान रचना है, जो नारी-समस्या के अलग-अलग पक्षों पर प्राचीन समय से लेकर वर्तमान काल तक की स्थितियों के आधार पर तर्कसम्मत नई धारणाएँ प्रस्तुत करती है। इसमें समाहित तर्क और दलीलें अकाट्य होने के साथ-साथ पहली बार पाठकों के सामने आ रही हैं। स्वाभाविक ही, 'नई नारी' आजकल के वैचारिक साहित्य में अपना अलग स्थान बनाएगी।

—प्रो. (डॉ.) गजानन चह्वाण

पूर्व प्रोफेसर, हिंदी विभाग,

सावित्रीबाई फुले पुणे विश्वविद्यालय, पुणे

नई नारी

हमारे देश के शोषितों और पीड़ितों में सिर्फ किसान, मजदूर ही नहीं हैं; हमारी माताएँ और बहनें तथा पत्नियाँ और बेटियाँ भी हमारे शोषण व उत्पीड़न की कम शिकार हैं।

नारियों के बारे में हमारी कितनी मूढ़ धारणाएँ हैं, कितनी भ्रांतियाँ और त्रुटियाँ हैं, जिन्हें दूर किए बगैर हम अपने देश में नई मानवता की सृष्टि और विकास कर नहीं सकते।

मानवता के इस प्रश्न पर हम गौर करें, इसी उद्देश्य से मैंने जो कतिपय प्रबंध लिखे, उन्हें 'नई नारी' के रूप में पाठकों के सामने प्रस्तुत किया जा रहा है।

इन प्रबंधों में मैं बातें कुछ तीखी कह गया हूँ, लेकिन इस संबंध में जैसी जड़ता दिखाई पड़ती है, उसके लिए आवश्यकता थी कि एक जबरदस्त झिंझोर दी जाए कि गहरी नींद में सोए आदमी को, जो झकझोरकर जगाता है, वह सख्त-सुस्त सुनाता ही है, यह भी जानता हूँ।

पटना
30.1.49

—श्रीरामवृक्ष बेनीपुरी

नई नारी

नई नारी,
हाँ, नई नारी,
देखो, वह अंतरिक्ष पर अवतीर्ण हुई है,
नई नारी,
घूँघट को जिसने उलट दिया है,
परदे को जिसने फाड़ फेंका है,
प्राचीरों को जिसने ध्वस्त-पस्त कर डाला है,
बंधनों को जो चूर-चूर कर चुकी है,
देखो, नई नारी वह खड़ी है!
नई नारी, वह खड़ी है,
पुरुषों से अपनी जगह माँगती हुई,
समाज से न्याय वसूल करती हुई,
संसार को चुनौती देती हुई
"आज तक मुझसे आँखें लड़ाया किए
अब आओ, मुझसे हाथ मिलाओ।"
देखो, वह नई नारी सामने अंतरिक्ष पर जगमग कर रही है!
नई नारी,
जगमग कर रही है,
झलमल कर रही है,
जो कल तक चंपक-वरणी थी,
वह आज विद्युत् बदनी बनी है!

ललाट पर बिजली कौंधती है,
आँखों से विद्युत्-धारा निकल रही है,
भुजाएँ विद्युत्-मालाएँ हैं,
उँगलियाँ विद्युत्-शलाकाएँ!
प्रशस्त उन्नत वक्षस्थल; बिजलियों का केंद्रस्थल!
मूर्ख, जिसे आज तक तुम कनक-लता कहते रहे,
देखो, वह नख से शिख तक साक्षात् विद्युत्-लता है!
वह झलमल कर रही है,
जगमग कर रही है,
शक्ति का केंद्र; प्रकाश का पुंज!

यन्त्र-चालिका; जगत प्रकाशिका
अज्ञान-वश उसे छूने को मत दौड़ो,
अतीत की कनक-लता नहीं,
वर्तमान की विद्युत्-लता है यह!
रहे, यहाँ अज्ञान-आलिंगन का अर्थ है
मृत्यु-आलिंगन!
रुको, बचो, ओ महामूर्खो!
आलिंगन!
ये चार मधुर मदिर अक्षर!
इन चार अक्षरों में तुमने बाँधा उसे।
आँखों में लालसा, होंठों पर कंपन,
दोनों काँपते हाथ फैला दिए तुमने!,
वह काँपी, वह सहमी,
वह सहमी, वह सरकी,
तुमने झपटकर छाती से लगा लिया।
उसने अंग ढीले किए,
तुम्हारी फौलादी भुजाएँ कसती गईं,
कसती गईं,
कसती गईं,

पीड़ा से उसने सिसकी ली,

सिसकी में तुमने मजा पाया—

"जाके सी-सी करवे में सुधा सी सी सी ढरकि जात"

वह प्रेमविभोर आँखें मूँदे खड़ी थी,

तुम बंधनों के सृजन में लगे थे।

आँखे खुलीं तो उसने पाया-

जिसे भुजापाश समझा था, वह नाग-फाँस है!

अंग-अंग को जकड़ रखा है जिसने-

न स्वेच्छा से पैर बढ़ा सकती है, न हाथ उठा सकती है,

कोई ठंडा-ठंडा वेष्टन उसके गले को रुँधे हुए है-

वह बोल भी नहीं सकती!

बोले तो वह कैसे?

कंठ में गाढ़ा वेष्टन,

सिर पर विकराल फण,

वह फुफकार रहा है-

जबान पर शब्द मत ला,

आँखों में आँसू मत ला,

भवों से मुसकराए जा, ललाट से हँसे जा

नहीं तो—

यह फण,

यह फुफकार!

आलिंगन की भूखी नारी नाग-फाँस में जकड़ी थी!

आलिंगन बंधन बन गया!

पाश हो या फाँस,

एक दिन टूटता ही है!

टूटता ही है,

किंतु टूटते-टूटते डालनेवाले को भी ले डूबता है!

हनुमान का ब्रह्मपाश टूटा,

और जल गई सोने की लंका,

राम का नाग-फाँस दूर हुआ,

और दूर हुआ संसार को रुलानेवाला रावण!
वह देखो, बंधन-विहीन नारी,
नई नारी,
देखो, इस नारी का उन्नत मस्तक
देखो, इस नारी की उन्मुक्त ग्रीवा
देखो, इस नारी की स्वच्छंद भुजाएँ
देखो, इन नारी का स्वतंत्र पद-चालन,
कहाँ पाश, कहाँ फाँस?
लेकिन जल रही है तुम्हारी सोने की लंका!
सोने की लंका,
जो राक्षसों की नगरी बन गई थी!
राक्षसों की—राक्षसता की!
वह जल रही है, जल रही है!
जिसे समुद्र का अगाध जल नहीं बुझा सका
उसका आँसुओं की कुछ बूँदे क्या कर लेंगी?
लंका जलेगी,
सीता स्वतंत्र होकर रहेगी,
सीता—नारी,
नारी,
उफ री नारी!
आह री नारी!
तुमने दूध पिलाया,
तुम्हें जहर का घूँट दिया गया।
तुमने आत्मार्पण किया,
तुम्हारे अर्पण को मरण में परिणत किया गया!
तुम्हारे कोमल अंग,
फूल को निठुर पैरों से रौंदा गया!
अधरों के विद्रुम!
बंदरों ने उसे छिन्न-भिन्न कर दिया!
गालों के गुलाब,

वहशियों ने उसे पुर्जे-पुर्जे उड़ाया!
बदमाशों ने तुम्हारी आँखों में मद की कल्पना की,
और वे मद पीकर तुम्हें ही पी जाने को उद्यत हुए!
नस-नस चूस ली,
अब रक्त कहाँ?
किंतु मदोन्मत्त हड्डी को क्यों छोड़ें?
तुम्हारा मुखचंद्र!
अरे, राहुओं ने द्वितीया को ही उसे ग्रस लिया।
अरे रे राहुओ,
देखो, किसका 'केतु' फहरा रहा है?
वह कौन खड़ी है?
नारी?
नहीं, नई नारी!

नई नारी,
नई नारी, नई भूषा!
क्यों ये लंबे-लंबे बाल?
जो पीछे रहकर उलझन पैदा करें,
आगे रहकर आँखों को बंद करें?
माथे पै बिंदी,
आँखों में सुर्मा,
लबों पे सुर्खी—
छिह वह कठपुतली कब तक बनी रहे?
धानी साड़ी,
पियाजी चोली,
फिरोजी ओढ़नी—
उफ, यह तितली की बहन नहीं?
प्रकृति की श्रेष्ठतम रचना है यह,
मानवता की श्रद्धामयी पुत्री है यह!

नया कर्तृत्व!
कोमलांगी बनकर बहुत खो चुकी, रो चुकी,
अब यह कठोरता से नाता जोड़ेगी!
भवों के कमान शिकार करने को निकल
खुद शिकार बन गई थी,
अब इसके हाथ कमान का कमाल सीखेंगे!
आँखों में मेह बरसाना,
दाँतों की बिजली चमकाना-
क्या कहने हैं?
अब यह मेघों में विचरेगी,
बिजली से आँख-मिचौनी करेगी!
कल्पना और भावना की उड़ान-
यह आकाश के बदले पाताल चली गई थी;
अब यह सपक्ष आकाश में भ्रमण करेगी,
और स-यंत्र पाताल को फोड़ अपनी प्यारी सीता को
पुनर्जीवित करेगी!
उसकी प्यारी सीता,
उसकी सारी पवित्रताओं की प्रतिमूर्ति सीता!
अब किसी रजक का मजाल नहीं जबान हिलाए
उसकी शान पर!
किसी राम के प्रजारंजन का ढोंग यह चलने नहीं देगी,
देखो, वह अंतरिक्ष पर अवतीर्ण हुई है नई नारी!
नई नारी!
जगमग कर रही है,
झलमल कर रही है!

अनुक्रम

नई नारी

सीता की माँ

शकुंतला

नई नारी

मालिनी के तट पर

उन दिनों हमारे देश में जंगल-ही-जंगल था और जंगलों में ही मंगल मनते थे।

ऐसे ही एक जंगल में एक छोटी सी नदी बहती थी, नाम था उसका मालिनी। मालिनी, उसके किनारे फूल-ही-फूल थे; क्या इन फूलों को सींचने-सेवने के कारण ही उसका नाम तत्त्वस ऋषियों ने मालिनी रख दिया था?

हाँ, उस नदी के तट पर ऋषियों के आश्रमों की भरमार थी। ऋषि-मुनि इस मालिनी में प्रातः संध्या स्नान करते, संध्या-वंदन करते, उसके तट पर तपस्या की जिंदगी बिताते।

इन्हीं में एक ऋषि थे—कण्व ऋषि। ऋषि? नहीं, नहीं, महर्षि।

जिन्हें महाकवि कालिदास ने अमर बना दिया; उस महर्षि कण्व को आप जानते हैं या नहीं, यह प्रश्न आपसे पूछना भी हिमाकत है।

तो यह महर्षि कण्व इस मालिनी नदी के तट पर एक छोटी सी घास-फूस की कुटिया बनाकर रहते। संध्या-वंदन, पूजन-अर्चन, तप-व्रत, शास्त्र-चिंतन। जंगल के फल-फूल, मालिनी का पानी। कोई चिंता नहीं, कोई द्विविधा नहीं, फिर बच्चा न बच्ची, नींद लगे अच्छी!

किंतु एक दिन जब महर्षि मालिनी के तट पर संध्या भ्रमण कर रहे थे कि अचानक उन्होंने एक फेंकी हुई बच्ची पाई। बच्ची को आश्रम में लाकर पालने लगे। बच्ची बढ़ती गई और अपने कलरव से उस मनहूस आश्रम को गुलजार बनाने लगी। महर्षि ठहरे, विद्या का क्या पूछना! उन्होंने उस बच्ची को खूब पढ़ाया-लिखाया, वेद पढ़ाते, शास्त्र पढ़ाते।

देखते-देखते वह लड़की दूज के चाँद की तरह बढ़ती हुई अपनी ज्योत्स्ना से मालिनी के तट पर वन-वीथियों को जगमग करने लगी। अपने रूप से, गुण से, शील से, स्वभाव से वह ऋषि-कन्याओं की सरताज बन गई। उनको लेकर कभी वह वन कुंजों में सामगान करती, कभी कमर पर घड़े रखकर वन-पुष्पों को सींचती।

उसका नाम याद है न—शकुंतला!

शकुंतला अब पूर्णयौवना थी, दूज का चाँद अब पूर्णचंद्र बन गया था।

पूर्णयौवना शकुंतला एक दिन सखियों के साथ उस मालिनी के जल को घड़े में ले-लेकर वन-वाटिका के पुष्पों और लताओं को सींच रही थी।

बसंत ऋतु, मालिनी की तटभूमि फूलों का देश बनी हुई थी। जहाँ नजर दौड़ाइए, फूल-ही-फूल। फूलों पर पराग, पराग पर भौंरे।

लेकिन एक शरारती भौंरे को क्या सूझा कि वह शकुंतला के मुँह पर भन-भन करता हुआ मँडराने और नाचने लगा। क्या उसने शकुंतला के चेहरे को फूल ही समझ लिया था।

''साथियो, मुझे इस दुष्ट से बचाओ।'' बार-बार भौंरे को चेहरे के इर्द-गिर्द से उड़ाने की चेष्टा में असफल होकर वह चिल्ला उठी।

ठीक उसी समय एक दूसरा दुष्ट आ जाता है, जो इस फूल का यथार्थ भौंरा बन जाता है।

दुष्ट! नहीं, नहीं, आर्य-नृप-भूषण दुष्यंत।

किस्सा कोताह! बसंत की उस मादकता में, उस मालिनी-तट की वन-वीथी में दुष्यंत शकुंतला पर अनुरक्त होता है, शकुंतला दुष्यंत पर रीझ उठती है। ऋषि-कन्याएँ, शकुंतला की सखियाँ, एक निभृत निकुंज में उनके लिए पुष्प-सेज सजा देती हैं। दोनों एक-दूसरे को आत्मार्पण करते हैं।

जब महर्षि कण्व को यह खबर मिली है, वे बहुत प्रसन्न होते हैं और शकुंतला को आशीर्वादों की झड़ी में दुष्यंत की राजधानी भेज देते हैं।

हमारा इतिहास बताता है, हमारी इस पुण्यभूमि का नामकरण उनकी सुसंतान के ही नाम पर हुआ, जो मालिनी-तट पर उस केलि-कुंज के आत्मार्पण का प्रसाद मात्र था।

भरत–भारत!

अपने देश के सर्वश्रेष्ठ कवि की उस स्वर्गिक रचना को, जो इस आत्मार्पण को नाटकीय रूप देती है, पढ़कर कौन आनंदविह्वल नहीं हो उठता?

'अभिज्ञान शाकुंतलम्' हमारा सर्वश्रेष्ठ नाटक, 'शकुंतला'–हमारी आदर्श प्रेम–देवी, उसका पुत्र हमारा सबसे बड़ा 'हीरो'।

अब आप पूछ सकते हैं कि यह पुरानी चर्चा आज तुमने फिर क्यों छेड़ी? क्या तुम्हारे पास कोई नई सामग्री नहीं, जो हमारे सामने पेश करो? झूठ–मूठ समय क्यों बरबाद कर रहे हो, हमारा और अपना भी।

माफ कीजिए, कलियुग की एक–एक करुण घटना मुझे घसीटकर सत्ययुग में ले गई है।

अब जंगल कटकर गाँव बस गए हैं न? किंतु उस गाँव का नाम कैसे बताऊँ और कैसे बताऊँ उस नदी का नाम, जो उस गाँव को सींचती–सँवारती है?

इस नदी के तट पर, इस गाँव में घास–फूस की एक झोंपड़ी थी, जिसे कुटिया कहलाने का गौरव भी प्राप्त नहीं था, क्योंकि इसमें कोई ऋषि–महर्षि नहीं, एक गृहस्थ ब्राह्मण रहते थे। ब्राह्मण देवता की एक कन्या थी, अपनी कन्या, कहीं पाली–पोसी नहीं।

बुढ़ापे में इस कन्या को पाकर ब्राह्मण–दंपती कितना खुश हुए थे! उनका सूना आँगन गुलजार बन गया था।

ब्राह्मणी चल बसी तो बूढ़े ब्राह्मण ने ही माता का स्थान लिया। ब्राह्मण का वात्सल्य पाकर वह लड़की भी दूज के चाँद की तरह देखते–देखते पूर्ण चंद्र बन गई।

लेकिन ब्राह्मण उसे न वेद पढ़ा सके, न शास्त्र। मुश्किल से वह खड़िया पकड़ पाई।

उसकी जवानी और ब्राह्मण पर दीवानगी सवार हुई। बेटी की शादी की चिंता में वे इधर–उधर मारे–मारे फिरने लगे। उस नदी के तट पर, उस झोंपड़ी के नजदीक कोई पुष्प–वाटिका तो थी नहीं कि वह सींचती, किंतु कितने भौंरे उसके आसपास चक्कर काटने लगे। वही बसंत ऋतु! एक दिन वह खेतों की

ओर निकली। समूची धरती फूलों पर रंग-बिरंगी चादर ओढ़े थी। बसंती वायु ने बरबस उसकी फटी चादर अलग कर दी।

शकुंतला की तरह वह वेदशास्त्र पढ़ी नहीं थी। सत्ययुग का धर्ममय युग भी नहीं था। तपोवन का शांत वातावरण भी नहीं। वह क्या करे? यदि उसके पैर इस कलयुगी चिकनी मिट्‌टी पर फिसल गए।

गाँव के एक नौजवान दुष्यंत की वह आधुनिक शकुंतला हो गई।

लेकिन वह कण्व का आश्रम नहीं था, मालिनी वहाँ कल-कल नहीं करती थी।

सखियों ने कानाफूसी की; समूचे गाँव में हो-हल्ला मचा। बेचारा ब्राह्मण देवता! काटो तो खून नहीं!

यहाँ भी किस्सा कोताह! एक दिन दारोगाजी ने कुएँ से एक स्त्री की लाश निकलवाई। डॉक्टर ने पोस्टमार्टम किया। पाँच महीने का नर बच्चा उसके पेट से निकला—मुर्दा, मरा हुआ।

गाँव ने एक स्वर से कहा, "भ्रष्टा!" ब्राह्मण देवता उसके पहले ही कहीं चल दिए थे; किसी ने फिर नहीं देखा!

जब इस पुण्यभूमि में महा आदर्श प्रवण विद्वानों द्वारा शकुंतला का चरित्र पढ़ा, सुना जाता देखता हूँ, तब-तब सोचता हूँ, अच्छी बात हुई कि शकुंतला हमारे युग में पैदा नहीं हुई।

नहीं तो क्या होता, कल्पना कीजिए।

एक तो अनाथ शिशु के रूप में उसे पड़ा हुआ देखकर शास्त्रवेत्ता कण्व वहाँ से राम-राम करते, संसार के पापों को मंत्र पाठ से ढकते भाग खड़े होते।

यदि अपार करुणावश घर भी ले आते तो क्या उसे बेटी की तरह पालते? उससे धूनी की लकड़ियाँ चुनवाते, आश्रम को गोबर से लिपवाते, भर-भर दिन पानी भरवाते और एक टुकड़ा रूखा-सूखा देकर जिंदा लाश की तरह इशारे पर दौड़ाते।

मान लीजिए, बेटी ही की तरह रखते और लिखाते-पढ़ाते। तब उस दिन क्या होता?

बेचारे सोचे होते कि बेटी के लिए अच्छा दूलहा लाऊँगा, मंडप सजाऊँगा,

स्वजन-परिजन को आमंत्रित करूँगा, यज्ञाग्नि प्रज्वलित होगी, मंत्रोच्चार होगा, मंगल ध्वनि होगी—

इतने ही में ये सखियाँ प्रेमी-प्रेयसी के लिए पुष्पसेज बिछाने के बदले दौड़ती-दौड़ती उनके निकट पहुँचतीं और आँखें फाड़-फाड़कर उनसे यह पापकथा…।

और कण्वजी महाराज अपना डंडा उठाकर दौड़ते!

मान लीजिए, तब तक दुष्यंत, अपनी खोपड़ी के भाग्य से निकल पड़ा होता और शकुंतला भी अपने कपड़े सँभाल के बहाने कर दी होती।

लेकिन उस जंगल में गर्भनिरोध की कला तो पहुँची नहीं होगी, एक भंडा फूटता ही।

और क्या इसी तरह शकुंतला की लाश भावी भारत के साथ मालिनी नदी में एक दिन उतराती हुई नहीं मिलती?

हाँ, कण्वजी को आश्रम छोड़कर भागना नहीं पड़ता, क्योंकि शायद उस घोर वन में दारोगाजी नहीं पहुँच पाते, लेकिन इस घटना का कितना बड़ा ऐतिहासिक महत्त्व होता!

हमारे देश का नाम कुछ दूसरा ही होता और उस यथा नाम देश में कालिदास शायद जन्म लेते, लेकिन 'अभिज्ञान शाकुंतलम्' कहाँ लिखा जाता, जिसे पढ़कर जर्मन कवि गेटे चिल्ला उठता-

सुंदर! परम सुंदर!!

□

सीता और द्रौपदी

आज हमारी बहनें सदियों की सुषुप्ति के बाद फिर जगी हैं और दुनिया को उत्सुकता की नजरों से देखतीं, उसमें अपने लिए जगह खोज रही हैं।

हाँ, वे जगह खोज रही हैं, क्योंकि आज घर में हमें रहते हुए भी वे बेघरबार की हैं। गृहस्वामिनी का सुंदर नाम पाकर भी वे घर की गुलाम-मात्र रह गई हैं। परिवार में उनका कोई स्वतंत्र स्थान नहीं, समाज में उनकी कोई स्वाधीन सत्ता नहीं। कभी वे अर्धांगिनी रही हों, आज वे अंग की छाया ही रह गई हैं। छाया, जो अंग के संचालन का अनुसरण करे, यदि अंग के दाँत चमकते हैं, तो उसका मुँह भी खुल जाए, लेकिन उसमें कालिमा की ही प्रचुरता सदा-सर्वदा रहनी चाहिए।

और, वे ज्यों ही जगह खोजने लगती हैं, हमारे समाज के सूत्रधारों के मुँह से आवाज निकलती है कि आगे क्या देखती हो, पीछे देखो। देखो, हमारे इतिहास को, हमारे वेद-पुराण को, हमारी आर्य-संस्कृति, हमारी आर्य सभ्यता को। आर्य सभ्यता-दुनिया में इतनी पुरानी सभ्यता कहीं की है, किसी की है? धन्य हैं हम; धन्य है हमारी सभ्यता!

अच्छा जनाब, मान लिया आपकी सभ्यता बड़ी पुरानी, वंदनीया, अनुसरणीया, लेकिन पुरानी सभ्यता की पीठ पर जो भारी बोझ का कूबड़ होता है, उसकी ओर आपका ध्यान कभी गया है? अगर आपने उस ओर ध्यान दिया होता, तो क्या आप ऐसी बातें कर सकते?

आपके दो महान् इतिहास ग्रन्थ हैं-रामायण और महाभारत। एक के रचयिता

हैं, आदिकवि वाल्मीकि; दूसरे के, आचार्य प्रवर महर्षि व्यास। रामायण और महाभारत ने अपने रचयिताओं की प्रतिभा के प्रसाद से वह प्रसिद्धि और लोकप्रियता प्राप्त कर ली है, जो वेद-शास्त्रों को भी नसीब नहीं हुई। वेद की सर्वांग पूर्ण प्रतियाँ जर्मनी में भले ही हों, शास्त्रों के टुकड़े पंडितों के बेठनों के भार को भले ही बढ़ावें, लेकिन हर हिंदू के घर को सुशोभित करनेवाले तो ये ही ग्रंथ-रत्न हैं।

और, इन दो ग्रंथों ने दो महिला आदर्श हमारे सामने रखे हैं—सीता और द्रौपदी।

हमारी ये बहनें, जो उत्सुक आँखों से आगे की ओर अपनी जगह खोज रही हैं, आपके द्वारा बरबस पीछे की ओर देखने को मजबूर किए जाने पर, इन दो आदर्शों पर अपनी नजरें गड़ाएँगी, यह स्वाभाविक है और इन दो में से अपने लिए एक आदर्श चुनने को वे लाचार हो जाएँ, तो आप उन्हें दोष नहीं दे सकते और न आप उन पर इसका दबाव ही डाल सकते हैं कि इनमें से अमुक को ही चुनो। अब इन दो नारी आदर्शों को देखिए।

सीता!

कितना श्रुतिमधुर नाम! सीता कहते ही मानो सिता-मिश्री झड़ने लगती है।

मिथिला के वायुमंडल में, हिमालय के अंचल में पली यह रमणी-शिरोमणि! गोरी, सुकुमारी! सौंदर्य और माधुर्य की खान, महाज्ञानी जनक की विदुषी पुत्री। उसके शौर्य और बल की एक ही झलक मिलती है; बचपन की झलक; लेकिन वही उसकी इस संबंध की गरिमा की पताका सातवें आसमान पर फहरा देती है! जिस धनुष को तोड़ने के लिए तीनों लोक के 'देव-दनुज-धरि मनुज-शरीरा' और इस पृथ्वी के भी 'विपुल वीर आए रणवीरा' लेकिन सिवा एक के कोई जिस धनुष को 'तिल भर भूमि न कर सके छुड़ाई' उसी धनुष को सुकुमारी बालिका सीता ने बहुत ही बचपन में, हँसी-हँसी में उठाकर अपने ज्ञानी बाप को विस्मय-विमुग्ध कर दिया था। बाप ने प्रतिज्ञा की कि जो इस धनुष को उठाएगा, वह सीता को वरेगा! 'देश-देश के भूपति नाना' आए, उन्हीं में आए राम।

सीता ने प्रथम दिन में ही अपने को राम पर न्योछावर किया और राम ने

धनुष तोड़कर उसके प्रेम पर मुहर लगा दी।

वह सपने देखती होगी, इस राजकुमार के साथ मैं कभी महारानी बनूँगी, लेकिन राजसिंहासन के बदले राम ने वनवास का रास्ता लिया। बेचारी सीता, सास के रोकने और राम के समझाने पर भी राम के साथ हो ली। जंगल-जंगल मारी-मारी फिरती रही। अपने पैरों में गड़े कृशकंटकों की भी परवाह नहीं कर, आगे-आगे चलने वाले राम के तलुवों को देखती, उनके पदचिह्नों को बचाती। जब राम थककर बैठते, अपने आँचल से पंखा करती। जब राम सोते, उनके पैर दबाती।

एक दिन, दो दिन नहीं, एक वर्ष, दो वर्ष नहीं, बारह वर्ष—पूरे एक युग तक सीता ने अपनी भरी जवानी जंगल के जंजालों में काट दी। सभी दुःख-कष्ट के बावजूद उसे सांत्वना यही रही कि वह अपने पतिदेव के चरणों के निकट है।

लेकिन यह भी नियति से नहीं देखा गया। उसके सौंदर्य-दीपक का लंकापति रावण पतंग बन्ना और वह अपनी सोने की नगरी के साथ जल मरा, लेकिन उसने सीता को भी विरहाग्नि में कम नहीं जलाया।

अशोकवाटिका की सीता! दुनिया के इतिहास और कला की वह करुण मूर्ति है, जिसकी समता संसार में बहुत ही कम मिल सकती है।

लंका जली, रावण मरा। सीता के आनंद का क्या कहना? अशोकवाटिका में, उस दिन कितने दिनों बाद उसने आईना देखा, शृंगार किया। माथे पर सिंदूर की लालिमा लिये वह राम के सामने आई। किन अरमानों के साथ, किन कामनाओं के साथ? सोचती होगी, राम देखते ही उठ खड़े होंगे, दौड़ पड़ेंगे, हृदय से लगाएँगे, विजय-सिंहासन पर बिठाएँगे, लेकिन, लेकिन यह क्या? राम की भवें टेढ़ी हैं, चेहरा खिंचा है। रुक्ष स्वरों में सीता को हुक्म हुआ कि अपने सतीत्व की परीक्षा के लिए तुम्हे अग्निस्नान करना होगा।

"मेरे सतीत्व पर आशंका! क्या जलन से आग की दाह अधिक है?" लपकती, दहकती, धधकती आग में सीता कूद पड़ी और हँसती-मुसकराती निकल पड़ी।

आज का विज्ञान शंका करे, लेकिन मुझे तो पुरानी कहानी दुहरानी है।

अग्नि–पूता सीता अयोध्या आई। स्वर्ण–सिंहासन पर बैठी। दरबार में स्वर्ण सिंहासन, प्रासाद में पुष्प–शय्या! पुष्प–शय्या के पुष्पों ने घर को सौरभ से भर दिया; और वे लक्षण दीखे कि सीता की गोद भी भरनेवाली है।

सीता का सौभाग्य क्या इस भार को बरदाश्त कर सकेगा? चिंतित, शंकित, सीता दिन–रात राम का मुख देखा करती है कि एक दिन प्यारे देवर लक्ष्मण उसे रथ पर चढ़ाकर जंगल की सैर कराने ले जाते हैं। जंगल की सैर! —हाँ, हाँ, जरा पुरानी चीजें देख लूँ, जरा मन तो बहल जाए। देवर, वही न है पतित पावनी गंगा; यही न है वह ऋषि कुटीर। पेड़–पत्ते, पशु–पक्षी सब तो वही हैं देवर, लेकिन कितने अधिक अच्छे लगते हैं सब। ठीक ही तो मन के आनंद से संसार आनंदमय दीखता है।

सीता चहकती है, लक्ष्मण का मन रोता है! और जब लक्ष्मण ने राम का हुक्म सुनाया कि चरित्र पर शंका की गई है, अतः आप राजमहल के योग्य नहीं समझी गईं, यहीं जंगल में आपको छोड़ देना है, तब, सीता के मुँह से आवाज तक नहीं निकली। चरित्र पर शंका, सीता मूर्च्छित? और मूर्च्छित सीता को जंगली जानवरों के भाग्य पर छोड़ भाई का भक्त लक्ष्मण अयोध्या के महल की ओर चल पड़ा।

मूर्च्छा टूटती है, सीता रोती है, बिसूरती है; फिर मूर्च्छित होकर गिर पड़ती है! उसका रुदन, समूचा जंगल विषादमय बन जाता है, पेड़–पत्ते रोते हैं।

मुनिवर वाल्मीकि कहीं से भटक कर आ जाते हैं वहाँ। अपने आश्रम में आश्रय देते हैं सीता को। समय पाकर दो बच्चे उसकी गोद को भरते और ऋषि के आश्रम को गुलजार कर देते हैं।

''मैया, मेरे पिता का नाम!''

तोतली वाणी सुनकर सीता रो पड़ती है, लेकिन वह इस प्रश्न को आगे नहीं बढ़ने देती। बेटे पूछेंगे कि तुम्हें क्यों घर से निकाल दिया गया, तो क्या कहूँगी? मेरे सतीत्व पर शंका! उफ''

लेकिन, पूत सपूत निकले।

अश्वमेध यज्ञ कर चक्रवर्ती बनने का स्वप्न देखनेवाले राम का मुकुट सीता के चरणों पर लोटा!

"अरे वह मुकुट? कहाँ से पाया तुमने?"

"पाया नहीं, मैया, छीना! और देखो यह घोड़ा चक्रवर्ती बनने चला था! और यह बंदर! हनुमान, बेचारे बंदी बने थे।"

"उफ, हाय रे, तुमने मुझे विधवा बनाया!"

सीता, पतिपरायण सीता, सतीसीमन्तिनी सीता, एक बार फिर रो पड़ी, मूर्च्छित हुई। वाल्मीकि दौड़े आए। वृत्तांत सुना, पता लगाया। घायल मूर्च्छित राम को अपने कमंडलु के जल के छींटों से होश में लाए।

फिर, किस्सा कोताह!—

अयोध्या में धमूधाम है। सीता आ रही हैं, सीता! बारह वर्ष पर घूरे का भी भाग्य लौटता है। सीता के भी भाग्य लौटे हैं। सीता आ रही हैं, उनके दो लाल आ रहे हैं। राम के साथ, उनकी बगल में, आज सीता फिर स्वर्ण-सिंहासन को सुशोभित करेंगी।

राज-दरबार! स्वर्ण सिंहासन पर राम। चारों ओर महा भीड़भाड़!

वह सीता आई! आँखों में आँसू, हृदय में उच्छ्वास! सीता स्वर्ण सिंहासन की ओर बढ़ी।

बढ़ी कि एक कोने में कुछ जन-रव!

राम की भवों में फिर बल, चेहरे पर फिर शिकन, सीता सन्न!

वाल्मीकि से देखा न गया, बोले, राम, आप सीता को निस्संकोच ग्रहण करें, मैं शपथ खाता हूँ, सीता निष्कलंकिनी है…?"

इधर सीता ने कहा, "माँ, धरती, अब अपनी गोद में जगह दें।"

कहानी है—धरती फटी, सीता उसी में समा गईं। सीताजी जिंदगी भर राम ही पर सुरत लगाए रहीं, जिन्होंने स्वतः वनवास लिया, जो राक्षसों के बीच भी अपनी टेक निभा सकीं, जिन्होंने अग्नि-परीक्षा में अपने को खरा साबित किया, उन्हीं सीता-प्रताड़िता, निष्कासिता की जंगलों में जवानी कटी, और जब बुढ़ापा आ रहा था, कलंक से व्यथित हो पृथ्वी में समा जाना पड़ा उन्हें!

पृथ्वी में समा गईं कहिए या विज्ञान की भाषा में 'कोलैप्स' कर गईं, कहिए, कोई भी नारी इतनी बड़ी व्यथा बरदाश्त नहीं कर सकती!

एक ओर है यह सीता—एक पुरुष पर लौ लगानेवाली, एक पुरुष पर

जिंदगी न्योछावर करनेवाली! जिंदगी भर जिसने एक बार भी मुँह नहीं खोला, एक बार भी भर्त्सना की क्या बात, उफ तक भी नहीं की, जो चुपचाप आँसुओं को पीती रही, उसाँसों में जीती रही और इतने पर भी जिसकी जिंदगी यों कटी, यों खत्म हुई! दूसरी ओर है द्रौपदी, पांचाल की पुत्री!

जहाँ मिथिला और पांचाल की जमीन तथा आबोहवा में फर्क, वहीं इन दो महिलाओं के चरित और स्वभाव में भेद!

द्रुपद राजा की पुत्री। कृष्णा नाम से पुकारी जाती, क्या अपने साँवले रंग के कारण? दबंगपन की देवी। बचपन से ही सिरचढ़ी।

जहाँ सीता, पिता की पुष्पवाटिका में धनुषभंग से पहले, राम पर अपने को न्योछावर कर चुकी; वहाँ द्रौपदी मत्स्यवेध के लिए आए एक-एक राजकुमार को देखती, लेकिन एक सच्ची दुनियादारिन की तरह, एक-एक को तौलती, परखती और जब तक मत्स्यवेध न हो पाया, तब तक किसी एक पर अपने को केंद्रित करने की यौवन-सुलभ गलती तो वह कर नहीं सकती थी।

अर्जुन ने कौशल दिखलाया, परीक्षा में उत्तीर्ण हुआ, द्रौपदी ने खुशी-खुशी उसके गले में माला डाली, लेकिन भाग्य उसके साथ एक दूसरा ही खिलवाड़ करना चाहता था।

द्रौपदी एक अर्जुन की नहीं, पाँच पांडव की पत्नी, जबरदस्ती बना दी गई!

लेकिन क्या द्रौपदी इससे विचलित हुई? क्या वह रोई, चिल्लाई, प्रेम और हृदय भावन की दुहाई दी? नहीं। उसने भाग्य से ललकारकर कहा, "तुमने मुझसे खिलवाड़ किया है, मैं अब तुम्हें अपना खेल दिखलाती हूँ।"

वह पाँच पांडवों को एक ही रस्सी में नाथकर जिंदगी भर नचाती रही!

कभी अर्जुन हिचके, तो भीम से मनमाना करवाया।

कभी युधिष्ठिर को डाँटा, तो सहदेव को उभारा। सुंदर नकुल को तो नकुल की तरह वह खिलाती रही।

सीता के लिए ही लंका कांड हुआ, लेकिन उसका प्रारंभ या तो रावण ने किया या राम ने, लेकिन महाभारत की सोलह आने जिम्मेदारी द्रौपदी पर है। उसी ने दुर्योधन से वह अपमानजनक उपहास किया, उसी के चीरहरण ने आग में घी का काम किया। बनवान और अज्ञातवास में वही खोज-खोजकर पाँचों

भाइयों को लड़ने के लिए प्रेरित करती रही। रानी की तरह शान से हुकूमत करते ही जिंदगी उसकी कटी।

कभी वियोग के आँसू उसे नहीं गिराने पड़े, कभी किसी अशोकवन में दिन-रात नहीं रोना पड़ा।

मौका आया, अपने बेटों की तड़पती लाशें भी उसने निर्मम होकर देखीं और अपराधी की आजिजी पर पसीजकर उसने जीवन-दान भी दे दिया!

वह एक रानी होना चाहती थी। इतने नर-संहार करके-कराके भी उसने अपनी मुराद पूरी की। इंद्रप्रस्थ और हस्तिनापुर के स्वर्ण सिंहासन उसके चरण-रज से धूसरित होते रहे। भारत भर के नरपतियों के राजमुकुट उसके श्रीचरणों पर झुकते रहे।

पाँच-पाँच व्यक्तियों से उसने प्रेम निभाया, इनमें से भी जिससे उनका मन भरा, उससे खास व्यवहार रखा, लेकिन किसी धोबी की क्या बात, बड़े-से-बड़े आदमी की जबान भी उसके खिलाफ खुली?

जो जबान खुलती, उसे वह कटवा नहीं लेती!

तीन लोक के ईश श्रीकृष्ण उसकी मुट्ठियों में थे। वह राधा को भूल सकते थे, किंतु द्रौपदी की पुकार उन्हें जहाँ चाहे, खींच ला सकती थी।

द्रौपदी जिंदगी भर तूफान रचाती रही! तथा उसी तूफान के बीच आनंद एवं रंगरेलियाँ मनाती रही! और अंत में जब पतिदेवों ने कहा कि हम हिमालय में चलकर गलेंगे, वह भी सानंद उनके साथ हो ली तथा स्वर्ग पहुँचने में भी उनका मार्गदर्शन किया।

यों सीता और द्रौपदी दोनों ही एक सभ्यता की पुत्री, पत्नी, लेकिन दोनों में कितना अंतर! एक की जिंदगी, एक पर निर्भर रहकर रोते कटी; एक, जिंदगी को पाँच पर न्योछावर करके मौज उड़ाती रही।

हमारी नई नारियाँ जब पीछे देखें, तो अपने लिए इनमें से किसको आदर्श चुनें?

और, अपनी इच्छानुसार इन दो में से किसी एक को वे आदर्श बनाएँ, तो आप उन्हें दोष नहीं दे सकते!

यह तो हो सकता है कि आप उन्हें आगे तो देखने देंगे ही नहीं, पीछे देखो

तो अमुक की ही ओर देखो, इसके लिए लाचार करें। अगर आप ऐसा करते हैं तो, यों क्यों नहीं कह देते कि नारियो, हम तुम्हें गुलाम रखेंगे, अपनी मरजी के अनुसार चलाएँगे, तुम चुपचाप चलो, या···या बाबा तुलसीदास के अनुसार 'तारण के अधिकारी' बनो।

बस झोंटा पकड़कर उन्हें पीटिए, आदर्श, सभ्यता, संस्कृति की बात छोड़िए।

□

पंचकन्या

बचपन की बात है। हमें गँवई गुरुजी पढ़ाया करते थे। गुरुजी के माँ-बाप ने उनका नाम रखा था, बुद्धिनाथ लाल, लेकिन वे 'बुद्धू' गुरुजी के ही नाम से पुकारे जाते थे। बुद्धू गुरुजी, उस जमाने में गुरुओं की तरह धार्मिक प्रवृत्ति के जीव थे। हमें पहाड़ा, ड्योढ़ा और हिसाब-किताब पढ़ाने के साथ-साथ कितने ही धार्मिक श्लोक भी रटाया करते थे। संस्कृत के पंडित वे नहीं थे, अतः उनके श्लोकों में पदभंग, व्याकरण दोष हों, यह आश्चर्य की बात नहीं, लेकिन उनके वे श्लोक आज भी हृदय पर जिस स्पष्टता से अंकित हैं, उतनी स्पष्टता से कालिदास या तुलसीदास के उत्तमोत्तम पद भी क्या खाकर अंकित होंगे?

बुद्धू गुरुजी ने भोर में जगाकर बिछावन पर बैठते ही जिन कई श्लोकों को पढ़ने का आदेश किया था, उनमें एक यह है—

'अहल्या द्रौपदी तारा कुन्ती मन्दोदरी तथा।
पंचकन्या स्मेरन्नित्यं महापातक नाशनम्॥'

यह श्लोक कहाँ का है, इसमें व्याकरण की कितनी गलतियाँ हैं, इन बातों पर जाने की जरूरत नहीं। ध्यान सिर्फ इस बात पर देना है कि यह श्लोक कितनी सदियों से भारतीय बच्चे, जवान, बूढ़े भोर में जपते आए हैं। इनमें आई पाँच स्त्रियाँ, जिन्हें 'कन्या' कहकर ही संबोधित किया गया है, इतनी पवित्र समझी जाती रही हैं कि जिनके स्मरण से ही छोटे पापों की क्या बात, महापाप तक का नाश हो जाए। न जाने कितने आदमियों ने ब्रह्ममुहूर्त की पवित्र बेला के कितने मंगलमय क्षणों को इन नामों के जाप में ही गुजार दिया, जिनके नाम इतने महापाप-नाशन, इतने पतित-पावन समझे गए, धन्य हैं वे स्त्रियाँ और

धन्य है हमारी भारत-भूमि, जिसने ऐसी कन्याओं, स्त्रियों को जन्म दिया।

अब क्या यह मुनासिब नहीं है कि हम गौर से देखें, ये पंचकन्याएँ कौन थीं, इनका कैसा उदात्त चरित रहा है? इनके कैसे उज्ज्वल कर्तृत्व रहे हैं, जिनके कारण ये प्रात: स्मरणीय समझी गईं?

सबसे पहले अहल्या!

सीता की जन्मभूमि मिथिला की ही यह कन्या-रत्न दरभंगा जिले के कमतौल-स्टेशन के निकट—ठीक वहीं, जिसकी बगल में हिंदी कोकिल अभिनव जयदेव विद्यापति का जन्म हुआ था, अहल्या-स्थान नामक एक प्राचीन स्थान है। वहाँ आज भी एक मेला लगता है और इस मेले में आज भी आप अहल्या की बहनों—सौंदर्य की प्रतिमाओं के दर्शन कर सकते हैं, अपनी प्रेमांजलि अर्पित कर सकते हैं।

अहल्या, अत्यंत सुंदरी! उस सी सुंदरी पृथ्वी में कौन कहे, स्वर्ग में भी नहीं थी। हाँ, हाँ, स्वर्ग में भी नहीं थी—अप्सराओं के देश, स्वर्ग में भी नहीं थी।

अतीव सुंदरी अहल्या ब्याही गई, दार्शनिक गौतम से, कैसा विधि-विधान!

गौतमजी दिन-रात दार्शनिक चिंता में मस्त। यह पृथ्वी कैसे बनी, यह आकाश क्या है? सत्य क्या है? हम अपने जीवन में उसे कैसे उतारें? दर्शन से सूक्ष्म न्याय पर। पत्ते पर घी है, या घी पर पत्ता! धुआँ है, तो वहाँ आग भी होगी। यों ही उनका दिमाग स्थूल जगत् से दूर, सूक्ष्म काल्पनिक जगत् में विचरा करता। दिन-भर ऐसी ही कल्पनाएँ, रात-भर इन्हीं के सपने!

अहल्या के सौंदर्य की ओर देखने की उन्हें फुरसत कहाँ, और सौंदर्य भी तो क्षणिक, नश्वर, असत्य चीज है, उस पर वे अपना कीमती वक्त क्यों बरबाद करें?

सौंदर्य क्षणिक भले ही हो और उस पर उनका दार्शनिक दिमाग ध्यान न दे, लेकिन 'सौंदर्य का सत्व' एक दिन जमीन को कौन कहे, स्वर्ग को भी अपने नजदीक खींच ही लाया। दिन का सूरज अपने घोड़ों की टाप से उड़े गर्द-गुबार में कुछ नहीं देख पाए, लेकिन हिमानी पर मृग-रथ का चालक चंद्रमा मृगनयनी के कटाक्ष बाणों से मूर्च्छित होकर आसमान से जमीन पर आ रहा? यही नहीं मेनका, रंभा आदि शत-सहस्त्र अप्सराओं के नृत्य-गीत, भावभंगी के बावजूद स्वयं इंद्राणी के भुजापाश से चुपके से निकलकर, देवराज इंद्र को भी स्वर्ग से

पृथ्वी पर उतरने को मजबूर होना पड़ा।

गौतमजी कुटिया में पड़े-पड़े न्यास-सूत्रों को सुलझाते रहे, उनके आँगन में जमीन-आसमान, पृथ्वी-आकाश एक होते रहे!

एक दिन ऋषिजी की आँखें खुलीं और अपने पर ग्लानि करने, अपना अपराध समझने और उसे सुधारने के बदले, ऋषि-सुलभ क्रोध में उन्होंने इंद्र के अंग भंग किए, चंद्रमा में दाग लगाया और अहल्या को पत्थर बना दिया। इंद्र अब भी क्षति-पूर्ति नहीं कर सके, चंद्रमा आज तक धब्बा लिये घूमता है, लेकिन अहल्या?

ऋषि के शाप के बावजूद, दुनिया की नजर में पतिता होकर भी अपनी सौंदर्य-राशि से स्वर्ग को पृथ्वी पर उतारने और मानव की देव पर श्रेष्ठता सिद्ध करने के कारण 'स्त्री' से 'कन्या' बनकर आज तक इस पाप-तापमय जगत् के प्रत्येक व्यक्ति की जिह्वा पर है, प्रातःस्मरणीय है।

कन्या न. 2 द्रौपदी! पाँच पांडवों—युधिष्ठिर, अर्जुन, भीम, सहदेव, नकुल की सौभाग्यवती पत्नी! जो एक साथ ही पाँच पतियों को संतुष्ट रखे, भला उससे बढ़कर नारी-रत्न और कौन हो सकता है? निस्संदेह द्रौपदी भी वंदनीय, प्रातःस्मरणीय है।

तारा—दो हैं।

एक देवगुरु बृहस्पति की धर्मपत्नी और एक वानर-राज बालि की अर्धांगिनी। वानर-राज बालि की अर्धांगिनी ने उसकी मृत्यु के बाद यदि कोई दूसरा अर्द्धांग खोज लिया हो, किसी सुकंठ सुग्रीव को कंठ लगी हो, तो आश्चर्य की क्या बात? वानर-राज की पत्नी, जिन बँदरियों को हम देखा करते हैं, उनकी ही तो कोई बड़ी बहन रही होगी! आश्चर्य है कि इसे भी पंचकन्या में गिना गया।

तो क्या वहाँ जो दूसरी तारा देवगुरु की धर्मपत्नी हैं, उनकी ओर निर्देश है?

जरा इन्हें भी तो देखें!

यदि गौतम को दर्शन-न्याय से फुरसत नहीं थी, तो देवगुरु को देवताओं को धर्मपथ पर चलने से। स्वर्ग में विधि-निषेध का आदेश करने और देवकुमारों को सुशिक्षित बनाने में बेचारे मगन। उनकी उम्र भी कुछ बड़ी रही होगी। बेचारी युवती तारा के रिक्त-हृदय का हाहाकार अंतर से उठता और शून्य में

विलीन हो जाता! कोई उस पर ध्यान देने वाला नहीं था।

उसी समय देवगुरु की पाठशाला में एक किशोर, नहीं नौजवान देवकुमार अध्ययन करने आया। कितना सुंदर! उसका चेहरा, उससे निकली ज्योति से रात्रि का अंधकार दूर हो जाता! हाँ, ऐसी चमक थी उसमें, ऐसी ज्योत्स्ना छिटकती थी उससे। वह कौन था, वह साक्षात् चंद्रमा था।

[याद रखिए, इसी चंद्रमा ने पीछे आसमान से उतरकर अहल्या के आँगन का ही नहीं, हृदय का अंधकार दूर करने का पेशा किया था]

तारा ने चंद्रमा को देखा। देखा और मोहित हुई। उस समय चंद्रमा प्रेम के अखाड़े का नया खिलाड़ी था। वह घबड़ाया, गुरु की पत्नी से प्रेम अरे, पाप!

पाप या महापाप! कहानी यों है—गुरुदेव की इस धर्मपत्नी और इस सुंदर शिष्य में वह छनी कि बुध नामक एक पुत्र तक इनके संयोग के फल से उत्पन्न हुआ।

महापाप महापुण्य बन गया। तारा का नाम भी महापातक-नाशनम्!

कन्या नं. 4—कुंती।

जब पतोहू द्रौपदी के गिनती पंचकन्याओं में होती है, तो फिर सास भी उस श्रेणी में क्यों नहीं आए? सास, पतोहू से कम किस बात में? पतोहू बेचारी तो लाचारी में पड़ गई, नहीं डाल दी गई और किसके द्वारा? सास ने पतोहू को भी कोई फल समझ लिया और कहा पाँचों भाई भोगो। बेटे माँ की बात टालते कैसे? पतोहू ने भी सिर झुका दिया।

लेकिन सास कुंती बचपन में बड़ी धार्मिक स्वभाव की। दुनिया में जो सबसे अधिक तेजपुंज और चमकीला है, उसी सूर्य देवता की उपासना में तल्लीन। बचपन बीता, जवानी आई। पूजा-उपासना बढ़ती गई। नदी किनारे शांत-एकांत जगह में हाथ में श्रद्धांजलि लेकर एकटक सूरज की ओर देखा करती। सूरजदेव भी पसीज गए, उपासनापूत उसके शुभ्र सौंदर्य पर? कहानी है, एक दिन अपने रथ को आसमान में ही छोड़, पैदल-पैदल, वे पृथ्वी पर आए और नदी-कूल के उस शांत-एकांत वातावरण में उन्होंने कुंती के गले में बाँहें डाल दीं।

कुमारी कुंती ने प्रथम-प्रथम पुरुष-भुजपाश का अनुभव किया। उसके

हाथ की अंजलि जमीन पर गिर गई। उसके अंग-अंग में पुलक जागी। उपासना प्रेमोपासना में बदल गई। उपासनाजनित रुक्षता प्रेममयी स्निग्धता में परिणत हुई। कुंती अब भी उपासना के लिए नदी तीर आती, लेकिन अब माला उसके हाथ में नहीं, गले में होती। वह स्वयं किसी गले की पुष्पमाला बन चुकी थी। किसकी, सूर्यदेव की?

कुछ दिन यों ही बीते, लेकिन यह क्या? अब उसके शरीर में कुछ अजीब लक्षण दीख रहे हैं। चेहरा पीला पड़ रहा है। भोजन-पान से उसे विरक्ति हो रही है। वह अपने पेट में किसी नन्हे जीव के चलने-फिरने का अनुभव कर रही है। उफ, यह क्या है? वह कुल-परिवार, घर-द्वार से अपने को छिपाने लगी।

और नौ महीने के बाद वह नन्हा सा जीव एक पूरा मानव रूप में जब उसके गर्भ से निकला, कुमारी कुंती न चीखी, न चिल्लाई, उसे लेकर उसी नदी तट पर निर्मम, निष्ठुर, नरहंता की तरह फेंक आई।

यों, जिसने कुमारीपने में ही नेह के नाते जोड़े थे, उसकी शादी हुई ऐसे पांडुरोग पीड़ित, एक दुर्बल, मरीज पांडु राजकुमार से। क्या इसे सिर्फ तकदीर का खेल कहकर संतोष कर लिया जाए? नहीं, कुंती अपने को मरुभूमि नहीं बनाएगी, न सिद्ध होने देगी? पेड़ में फूल लगे हैं, तो फल भी आने चाहिए। निर्जन जंगल में खिलने और झड़ पड़ने में कुछ कविता भले ही हो, उसमें जीवन की सार्थकता नहीं। कुमारीपने में भी वह एक देवता को अपने पास खींच सकी थी, अभी आसमान में कितने देव पड़े हैं! आगे की कहानी यों बताती है कि कुंती ने धर्मराज को, वायुराज को स्वर्ग से पृथ्वी पर घसीटा और अपने लिए युधिष्ठिर, अर्जुन और भीम ऐसे पुत्र पैदा किए। यही नहीं, अपनी सौत को भी उसने इस पथ का पार्थिक बनाया और सहदेव, नकुल ऐसे पुत्र उन्हें देवताओं से दिलाए!

कुमारीपने में ही देवोपासना; धर्मपत्नी बनकर भी देवोपासना? भला देवताओं की इस चिर प्रेमिका की गिनती पंचकन्या में क्यों नहीं हो?

अंत में मंदोदरी!

मंदोदरी, राक्षसी थी न? अतः उसका नाम अंत में ही आना चाहिए। मंदोदरी रावण की धर्म-पत्नी और उसकी मृत्यु के बाद विभीषण की प्रणयिनी। निस्संदेह,

पंचकन्या की पवित्र नाम माला मंदोदरी के बिना पूरी हो नहीं सकती थी।

पंचकन्याओं की इस नाम-मलिका को देखने से यह प्रश्न बार-बार उठता है कि हमारे ऋषि-मुनियों ने शत-सहस्त्र भारतीय रमणी-रत्नों में से, जिसमें कितनी ही सती साध्वीपने के लिए संसार में प्रसिद्ध हैं, क्यों इन पाँच महिलाओं को ही चुना, जिनके चरित्र के धब्बे, आधुनिक दृष्टि से देखने पर, न धोए जा सकते हैं, न छिपाए जा सकते हैं। क्या उस समय सतीत्व का कोई मूल्य नहीं था या सतीत्व की कोई दूसरी ही परिभाषा थी?

या, उस जमाने में स्त्रियों के जीवन का मूल्य किसी दूसरे बटखरे से कूटा जाता था? शायद सवाल यह न था कि आप किसके संग क्या करती हैं, पर सवाल यह था कि आप क्या हैं और संसार को, मानवता को आपने क्या दान दिया है?

जरा उलटी दिशा से ही देखें। यह मंदोदरी जिसने मेघनाथ, ऐसा पुत्र पैदा किया, जिसने इंद्र को पाला, लक्ष्मण को धराशायी बनानेवाला, मर्यादा-पुरुषोत्तम राम को सौ-सौ आँसू रुलाने वाला, भला वह मंदोदरी संसार की महिला-मणि क्यों न समझी जाए? समूचे रामायण में, राक्षस वंश में सबसे प्रोज्वल चरित किसी का है तो मेघनाथ का। उस मेघनाथ की जननी मंदोदरी की उपेक्षा करना तो वीरपूजा की भावना पर कुठाराघात करना था। अतः हमारे वीरपूजक पूर्वजों ने इस वीर-जननी के प्रति श्रद्धांजलि अर्पित करके अपनी असीम गुण-ग्राहकता का ही परिचय दिया है।

कुंती के वे प्रतापी पुत्र, जिनके बिना महाभारत रचा नहीं जा सकता था। एक ओर कर्ण, दूसरी ओर अर्जुन-भीम! उफ, वीरता का कैसा अपूर्व संयोग। युधिष्ठिर ऐसे धर्मात्मा भी तो उसी की कोख से जनमे थे, अर्जुन-भीम-युधिष्ठिर और कर्ण की माँ को प्रातःस्मरणीया समझें, तो आश्चर्य क्या?

अंगद की माँ तारा भी क्यों न पूजी जाए, जिसके पद-भार को लंकापति तक नहीं उठा सका? यदि देवगुरु को ही लीजिए तो तारा और चंद्रमा, बुध ऐसा जाज्वल्यमान पुत्र पैदा हुआ, जो नौ नक्षत्रों में एक होकर आज भी आकाशमंडल को जगमग कर रहा है।

द्रौपदी स्वयं वीर नारी थी; पाँचों पांडवों की प्रेमिका। और अहल्या, जिसके

सौंदर्य ने स्वर्गाधीश इंद्र को पृथ्वी पर घसीटा, आकाश के चाँद को जमीन पर उतारा, जिसने मानवता के पैरों के निकट देवत्व को झुकने, घुटने टेकने के लिए बाध्य किया, उस अहल्या को भोर में नहीं स्मरण करना तो प्रकृति की इतनी बड़ी विभूति का अपमान करना होता।

हमारे ऋषि हमसे ज्यादा उदार, ज्यादा दूरदर्शी, ज्यादा पारखी थे। तुच्छ बातों पर उनका ध्यान न था। वे ऊँचे थे, ऊँचा देखते थे। हम पतित हो गए हैं, इसलिए हमारी नजर सिर्फ बुराई पर, छोटी बातों पर ही रहती है।

□

जंजीरें और दीवारें

उस दिन एक बहन अपने भाई से मिलने जेल में आई। बहन ने अभी-अभी जवानी के दरवाजे पर पैर रखा है। अभी दुनिया को नजदीक से देखने का उसे मौका नहीं मिला। हाँ, नई रोशनी की एक झलक, जो इस सुसंस्कृत परिवार पर पड़ी है, उसका नतीजा यह हुआ है कि उसने कुछ अंशों में परदे हटा दिए हैं, उसके आँचल का गल्ला दाहिनी ओर न जाकर बाईं ओर से जाता है और गर्दन का घेरा, दूसरे कंधे से नीचे, सामने लटक आता है। घूँघट की गुंजाइश कहाँ? फिर आँचल सिर पर जाकर उसकी काली केशराशि और गौर मुखमंडल की शोभा का व्याघात क्यों बने?

बहन के पैर में चप्पल, हाथ में दो-दो, हाँ सिर्फ दो-दो धानी चूड़ियाँ और ललाट के ऊपर के हिस्से में, जहाँ से बालों को दो हिस्सों में करके माँग काढ़ी गई है, सिंदूर की दीप्त लालिमा, जो बहन के लहलहाते सौभाग्य की सूचना दे रही थी। बहन का वह सौभाग्य भाई के लिए कितना आनंदप्रद था।

बहन ने सुना, उसका इनकलाबी भाई जेल गया है, वह दौड़ी-दौड़ी आई थी, मिलने, भाई को देखने, शायद उसका 'दर्शन' भी करने। जब भाई से जेलर के कमरे में उसने भेंट की, लपककर उसके चरण छुए, भाई कृतार्थ हुए, अपने रूमाल से उसके प्रेमाश्रुओं को पोंछ, गद्‌गद हो गए। दोनों आमने-सामने कुरसी पर बैठे। बहुत बातें हुईं। बहन कुछ आश्चर्य से भाई को देख रही थी, भाई इसे समझ रहे थे। उसने सोचा होगा, उसके इनकलाबी भाई के हाथ में, कमर में, पैर में लोहे के कुछ भारी बंधन होंगे, शरीर नंग-धड़ंग होगा और उसके भैया कितने सूख गए होंगे? इधर भाई साहब सूखने के बदले कुछ चिकने हो गए

थे, वह बाबू-ऐसा लकालक लिबास पहने थे, कहाँ की बेड़ी, कहाँ की हथकड़ी? यह कैसी?

संयोग की बात! उसी समय कुछ झन-झन की आवाज हुई। बहन ने मुड़कर उस ओर देखा। एक पुराना मुजरिम जा रहा था, उसकी वैसी ही सूरत और हालत थी, जिसकी उसने कल्पना कर रखी थी! पैर में डंडा-बेड़ी, जो चलते समय 'झन-झन' कर उठती, हाथ में आहिनी कड़ियाँ। कमर में अधजँघिया, देह पर बिना बाँहों का काली धारी का कुरता। सिर पर काली टोपी। उसका रूप देखकर ही वह चौंक गई, घबड़ा गई। भाई ने देखा, तब से उसका चेहरा विषण्ण है। उसका चहकना गायब है। वह बोलती है, बोलती है और अचानक रुक जाती है। भाई ने हँसकर कहा, "क्यों, घबड़ा रही है क्या तू?" उसने झट से कहा, "नहीं, नहीं।" लेकिन भाई ने बहन के मुख से उसके मन की भावना बाहर करा ही ली। बाहर जेल की ऊँची काली दीवारें देखकर घबड़ाई थी, भीतर की जंजीरों ने उसे घबरा दिया है। उफ, ये दीवारें, ये जंजीरें, उसके मुँह से अनायास ये शब्द निकले!

बहन गेट से बाहर आ गई, भाई फिर भीतर आया। कहा नहीं जा सकता, बाहर के प्रपंचों और धूमधाम में बहन उस दिन की बातें भूल गई या नहीं, किंतु भाई के हृदय में 'ये दीवारें, ये जंजीरें' तब से जब-तब झन-झनकर उठती हैं। हाँ, उस झनझन में न बहन का भय कंपन होता है, न भाई का प्रबोधन, बल्कि उसका सुर, ताल, लय सबकुछ दूसरा ही, बिल्कुल पृथक् होता है। वह सोचा करता है—

ये दीवारें, ये जंजीरें! दीवारें कितनी ऊँची, कितनी काली, कितनी डरावनी। किसी भी स्त्री का कोमल हृदय इसे देखकर विचलित हुए बिना नहीं रह सकता। यदि बहनं डरी, भयभीत हुई, तो अचरज क्या? और ये आदमी, जंजीरें, उफ मानवता को किस बेदर्दी से जकड़ रखा है उन्होंने। इनकी झन-झन आवाज नहीं है, मानव हृदय की चीख है, जो लोहे की जबान से निकल रही है! किसी भी सहृदय रमणी के जीवन-तारों को झनझना देने की इनमें क्षमता है। बहन, बहन नहीं होती, यदि वह इनके असर से अछूती रह जाती!

सचमुच भयावनी चीजें हैं—ये दीवारें, ये जंजीरें, लेकिन, जरा इसकी

तुलना करें, उन जंजीरों और दीवारों से, जिनके अंदर हमारी बहनें 'सानंद' विचरती, जिन्हें 'धारण' कर वे फूली नहीं समाती हैं।

पत्थर की ये दीवारें, निस्संदेह ही बड़ी पोखता! ऐसी मजबूत दीवारें कहाँ मिल सकती हैं? लेकिन इतिहास बताता है, कितनी ही बार ये दीवारें ढह चुकी हैं, ताश के घर की तरह भहरा चुकी हैं। बाहरवालों के क्रोध और भीतरवालों की कराह ने उनके पत्थर को चूर-चूर कर दिया है, इनकी ईंट-से-ईंट बजा दी है और ये जंजीरें झूल चुकी हैं, उन्हीं हाथों में हुकूमत के लगाम आए हैं, उन पर हजार-हजार पुष्पमालाएँ अर्पित की गई हैं! ये दीवारें, ये जंजीरें, भीषण हैं, भयावह हैं। लेकिन इनकी नींव ही से नई मानवता पैदा हुई है, इन्हीं के झंकार में संसार का नया राग गाया गया है। इस तरह ये दीवारें, ये जंजीरें, अपनी विभीषिकाओं के बावजूद नमस्य हैं, प्रणम्य हैं!

लेकिन ये दीवारें, जिनके अंदर हमारी यह बहन कैद होने जा रही है या इसकी लक्ष-लक्ष, कोटि-कोटि बहनें; जिसके अंदर सड़ रही हैं; उफ कैसी भयानक हैं वे दीवारें! जेल की इन दीवारों के अंदर इसका सबसे ज्यादा खयाल रखा जाता है कि रोशनी खुलेआम जा सके, उन्मुक्त वायु पहुँच सके, कहीं शील या सीड़ न रहे—सफाई का तो पूछना ही क्या? जगह-जगह पेड़-पौधे फूल-पत्ते लगे होते हैं। फिर इन दो घरों के अंदर रहने की अवधि होती है, जिनके बाद फिर पूर्ण स्वाधीनता, लेकिन इन दीवारों का क्या पूछना, जिनके अंदर शत-सहस्त्र भारतीय रमणियाँ सड़ रही हैं। चारों ओर ऐसे घर, जिनमें खिड़की के नाम पर दीवार के ऊपरी हिस्से में, प्रायः छप्पर से छूते हुए, छोटे-छोटे दड़बे, जिनसे रोशनी क्या आएगी, क्या हवा पहुँचेगी? हाँ जहाँ कबूतरों ने भले ही अपने घोंसले बना रखे हों या घर की फालतू चीजें रख दी गई हों। ऐसे घरों से घिरा बीच का आँगन, जहाँ दुपहरिया के इधर-उधर ही थोड़ी देर के लिए रोशनी पहुँच पाती है और उन्मुक्त हवा के लिए तो इसमें गुंजाइश कहाँ? चारों ओर से घिरा छोटा सा यह स्थान—हवा कहाँ, किस ओर से आए-जाए इसमें? शील और सीड़ के आँगन तथा घर सभी चप-चप। हवा-रोशनी भले ही न आने पाए, गोबर और चिकनी मिट्टी से लिपाई-पोताई हमेशा होती रहेगी। फिर क्यों न बीमारियाँ बारह मास अखाड़ा बना सकें? इस छोटी सी

जगह में कहाँ पेड़-पौधे? कहाँ फूल-पत्ते? अगर तुलसी चौरे पर एकाध अधमरी तुलसी का पौधा हो गया, तो गनीमत। न स्नान के लिए कोई निश्चित जगह, न शौचादि के लिए कोई पक्की व्यवस्था! आँगन से पानी के निकास के लिए बनी हुई मोरी से हमेशा दुर्गंध उड़ती, उसमें पिल्लू खद-खद करते।

हाँ, यह सही है कि इस चाहरदीवारी का फाटक न तो फौलाद का बना है, न उसके दरवाजे पर हमेशा बंदूकधारी संतरी पहरा देते रहते हैं! लेकिन क्या मजाल कि इसमें बाहर पैर भी रखे जाएँ, हाँ जवानी में नैहर के नाम पर या बुढ़ापे में तीर्थ यात्रा के लिए कभी-कभी 'पैरोल' पर जाने का, कुछ दिनों का मौका ही मिले, किंतु जिंदगी भर इन दीवारों के अंदर ही सड़ा करो। जवानी को घरों में गँवा दो, बिना धूप के, बिना हवा के। तुरंत ही आने और हमेशा बने रहनेवाले बुढ़ापे में इस तंग आँगन में जरा घूम-फिर लो और क्या चाहिए तुम्हें? किंतु खबरदार, इन दीवारों के बाहर मत झाँको, क्योंकि तुम कुल-वधू हो, तुम्हारे खानदान का नाम बहुत लंबा है, तुम शरीफ घराने की हो। दीवारें, दीवारें, दीवारें! दीवारों के अंदर तुम्हारा जन्म हुआ, दीवारों के अंदर तुम पली, दीवारों के अंदर ही जिंदगी गुजारो! हाँ हम एक प्रतिज्ञा करते हैं, जब तुम मरोगी, तो सारी कसर इसकी पूरी कर देंगे हम। तुम्हें घर से बाहर, सुनसान बियावान में, नदी किनारे के उस स्थान में, खुलेआम खोद-खादकर जला देंगे। हम पर विश्वास करो, हम तुमसे वादा करते हैं, यह हमारी प्रतिज्ञा है।

खैर ये तो हुईं हमारी बहनों को आजन्म कैद में रखने वाली प्रकट दीवारें, किंतु इनके अतिरिक्त जो कितनी अलघ्य दीवारें हैं! नाना तरह की प्रथाओं और रूढ़ियों की वे उत्तुंग दीवारें!

तुम तुरंत-तुरंत ससुराल आई हो। नैहर में जो कुछ भी थोड़ी स्वाधीनता थी, उसका सपना भी छोड़ो। आँगन रूपी जेल में नहीं, किसी कोठरी रूपी जेल में तुम्हें दिन-रात रहना है। तो भी, तुम्हारे मन में आकांक्षा तो होगी ही, कि जिसके नाम पर, जिनके लिए आजीवन कैद खुशी-खुशी तुमने ग्रहण की, उन्हें भर नजर देखा करूँ, उनके साथ रहूँ, उनकी संगत का सुख लूटूँ। नहीं, तुम ऐसा भी नहीं कर सकती? दिन-रात में कुछ निश्चित समय है; उसमें तुम्हें इसकी इजाजत मिलेगी, लेकिन, इजाजत, इजाजत है; इसमें जरा भी इजाफा

करने का भी तुम्हें हक नहीं।

एक पूरा 'पेनल' और 'प्रोसीजियर' कोड है, जिसके अनुसार प्यारी बहनो, तुम्हें चलना है। तुम्हें किससे बोलना चाहिए, किससे नहीं, किससे मुँह खोलना चाहिए, किससे नहीं। कैसे खाना चाहिए, कैसे सोना चाहिए। सबके बँधे-बँधाए नियम हैं, जिन्हें तुम्हें बरतना है। इनमें जरा भी व्याघात हुआ कि तुम गई। चारों ओर तुम्हारी बदनामी, चारों ओर कानाफूसी। तुम्हारी जिंदगी, हराम! सास तुम्हारी इस विशाल जेल की सर्वमान्य जेलर हैं और ननद जमादार। उनकी यह ड्यूटी है कि तुम्हें इन दीवारों के अंदर ही रखें और इन नियमों की पाबंदी कराएँ। तुम उन पर नाराज मत हो, उन बेचारियों का क्या दोष? वे खुद इन पाबंदियों को भुगत चुकीं या भुगतेंगी, लेकिन, उन पर जो जिम्मेदारी है, उन्हें कैसे न निबाहें वे! निबाहना ही होगा उन्हें। वे भी स्वाधीन नहीं हैं, नहीं हैं!

ये दीवारें इतनी विस्तृत, ऊँची और रंग-बिरंगी हैं कि उनका वर्णन कहाँ तक किया जाए?

अब जरा जंजीरों को देखिए!

जिस समय उस मुजरिम की कड़ियाँ चीख उठी थीं, भाई ने देखा था, उसकी चकित-विस्मित बहन की दो चूड़ियाँ भी खनखना पड़ी थीं? ये चूड़ियाँ क्या हैं—क्या बहन ने इस पर विचार किया है? उन कड़ियों और चूड़ियों में कोई संबंध है, क्या उसने जरा भी सोचा है?

कहाँ वे कड़ियाँ? फौलाद की काली-कलूटी कड़ियाँ और कहाँ काँच की ये नेत्र रंजन चूड़ियाँ! एक जबरदस्ती हाथों में डाली गई हैं और दूसरी स्वयं अपनी पसंद से पहनी गई हैं। एक 'अपराध' की सूचक हैं, दूसरी 'प्रेम' की। भला दोनों में क्या संबंध?

अच्छा साहब, आपकी ही बात सही। एक अपराध की सूचक, दूसरी प्रेम की। एक जबरदस्ती डाली गई है, दूसरी अपनी पसंद से पहनी गई है, किंतु जरा यह तो बताइए कि जब यह अपनी पसंद से पहनने की चीज है, तो फिर ऐसी नेत्र रंजन चीज से उन लक्ष-लक्ष बहनों को भरी जवानी में वंचित क्यों कर दिया गया है, जिन्हें आप 'विधवा' कहते हैं। क्या विधवाओं में प्रेम नहीं

रह जाता? क्या उनमें पसंद करने की भावना नहीं रह जाती है? कोई ऐसा मनोविज्ञानी है, जो बताए, पति के मरते ही विधवाओं का प्रेम भी मर जाता है या उनमें कोई ऐसा अहसास नहीं रह जाता है कि वे समझ सकें कि कौन चीज अच्छी, कौन बुरी?

मानिए, न मानिए! चूड़ियाँ हों या कड़ियाँ, काँच की हों या लोहे की, हैं दोनों ही बंधन की सूचक। बंधन की, गुलामी की? एक आदमी पर आदमी की गुलामी की, दूसरी औरत पर मर्द की गुलामी की। पशुओं के खरीदार अपने खरीदे हुए पशु के गले में धागे बाँध देते हैं, पहचान के लिए! तुम अब किसी की बीवी बन चुकी या बननेवाली हो, इसलिए डाल लो हाथ में चूड़ियाँ! और संयोग, अब वह चल बसा, तो फोड़ो इन चूड़ियों को। तुम्हें इनके पहनने का हक नहीं? तुम अभागिनी, ऐसी खूबसूरत चीज अपने हाथ में रखने का तुम्हें क्या हक है?

खूबसूरत चीज! गुलामी की पराकाष्ठा उस दिन हो जाती है, जब गुलाम अपने बंधनों को श्रृंगार समझने लगता है। हमारी बहनों का पतन पराकाष्ठा तक पहुँच गया है!

तो क्या तुम चाहते हो, हमारी बहनों की ये गोल-गोल पतली-पतली, गोरी-गोरी कलाइयाँ यूँ ही छूँछी, उरिया नंगी रहें? तुम अपने को कलाकार कहते हो! उफ, कैसे रुचिभ्रष्ट, बदजौक हो तुम? खुदा, भगवान् न मानो, प्रकृति को ही पूजो। बताओ क्या प्रकृति ने ये सुंदर कलाइयाँ श्रृंगार-हीन रखने के लिए बनाई हैं।

उस दिन मुजरिम ने भी इसी तरह हँसते हुए कहा, "बाबू यह मर्दों की कलाई है, फौलाद की बनी। इनकी शोभा ये फौलादी कड़ियाँ ही हैं!"

हम सुलह करने को तैयार हैं। बहनों के लिए यदि अपनी कोमल कलाइयों में चूड़ियाँ पहनाना लाजिमी समझा जाए, तो भाइयों को भी अपनी मर्दानगी दिखाने के लिए फौलादी कड़ियाँ डालकर उन्हें झनझनाते, खनखनाते चलना लाजिमी करार दिया जाए!

नहीं तो इन चूड़ियों का संबंध 'पति' से हटा देना चाहिए। यह बहनों की रुचि पर छोड़ा जाए कि वे चूड़ियाँ पहनें या नहीं पहनें? चूड़ियाँ पहनें या

कलाई-घड़ियाँ बाँधें?

यदि हम अपनी गुलामी की जंजीरें तोड़ना चाहते हैं, तो अपनी बहनों के हाथ-पाँव को तो उनसे मुक्त करें!

लेकिन, आप ऐसा क्यों करेंगे? आजादी भीख माँगने से नहीं मिलती! न आपको मिली, न बहनों को मिलेगी! आपने लड़ाइयाँ लड़ी हैं, बहनों को भी कुरबानियाँ देनी पड़ेंगी, इस आजादी के लिए।

□

वेश्या बनाम सती

इधर दो-एक मनचले युवकों ने वेश्या का पाणिग्रहण किया है। कुछ समाज सुधारक इस पर बेहद खुशी जाहिर कर रहे हैं। उस दिन एक सज्जन ने इस प्रसंग पर चर्चा करते हुए लिखा था कि यदि अपत्नीक युवक इस प्रकार का साहस दिखाए तो पाँच लाख वेश्याओं की समस्या हल होने में देर न लगे।

मुझे ऐसे उद्‌गारों को पढ़कर हँसी आती है। यथार्थ बात तो यह है कि ये खयाली पुलाव स्पष्ट सोचने की शक्ति के अभाव के परिणाम हैं। वेश्याओं की समस्या न इतनी सरल है और न इतनी सुगमता से हल होनेवाली है। देश में पाँच लाख अपत्नीक युवकों का अभाव नहीं, किंतु समाज की जो मनोवृत्ति है, इस प्रसंग पर उसके जैसे गंदे विचार हैं, उनको देखते हुए ऐसी आशा करना कि ऐसे लोग मिल जाएँगे, सर्वथा भ्रामक है और एक क्षण के लिए मान लीजिए कि ऐसे लोग मिल जाएँ और आज जितनी वेश्याएँ हैं, कल से कुल-वधू के रूप में हमारे घरों को सुशोभित करने लगें, तो क्या इतने से ही हमारी समस्या हल हो गई। क्या कोई भी ऐसे स्वप्नदर्शी सज्जन हैं, जो विश्वास दिलाएँ कि अब कोई कुल-वधू वेश्यावृत्ति की ओर प्रवृत्त नहीं होगी? यदि कोई हाँ कहने का दुस्साहस करें तो मैं उनसे स्पष्ट कह दूँ, स्वप्नदर्शी महाराज, आप इस समस्या को समझे ही नहीं, कुछ दिन और सोचने की कोशिश कीजिए।

वेश्याओं की समस्या महान् स्त्री-समस्या का एक प्रमुख अंग है। जब तक हम स्त्री-समस्या को नहीं समझ सकेंगे, तब तक यह समस्या भी समझ में नहीं आ सकती और अब, जबकि भारत एक नवीन समाज की स्थापना करने जा रहा है, यह आवश्यक है कि हम उस समस्या को, महान् स्त्री-समस्या को अच्छी

तरह समझने का प्रयत्न करें।

अपनी शारीरिक कमजोरियों के कारण स्त्रियाँ सदा ही पुरुषों की गुलाम रही हैं। मानवी इतिहास के प्रारंभिक युगों में कुछ समय तक स्त्रियों को पुरुषों ने अपनी बराबरी का हक दिया था। वैदिक युग में, जो आधुनिक ऐतिहासिकों के कथनानुसार भी मानव जाति का प्रारंभिक युग है, हम स्त्रियों को, अधिकांश में बराबरी का हक उपयोग करते हुए पाते हैं। पुरानी बाइबिल की कहानियों में भी स्त्रियों को प्रायः इसी रूप में चित्रित किया गया है। स्त्रियों को बराबरी का यह हक आदि-युग के पुरुषों ने उनके सौंदर्य पर मुग्ध होकर दिया था या उनकी प्रखर-मेधाशक्ति का लोहा मानकर, कहा नहीं जा सकता, किंतु वे इस गौरव पद पर ज्यादा दिनों तक अधिषित नहीं रह सकीं।

कुछ लोग स्त्री-समाज के अधःपतन का प्रारंभ व्यक्तिगत संपत्ति के विकास से जोड़ते हैं। गर्भाधान आदि के कारण स्त्रियाँ हमेशा अपनी जीविका अर्जित करने में अक्षम सिद्ध हुईं; पुरुषों पर उन्हें अवलंबित होना पड़ा, फलतः उन्हें उनका दासत्व स्वीकार करने को बाध्य होना पड़ा। पुरुषों ने उनकी कमजोरियाँ ताड़ लीं। अब वे या तो पुरुषों के मनोरंजन की सामग्री या उनकी दासियाँ रह गईं। रामायण या महाभारत में या ग्रीकों अथवा रोमनों की कहानियों में, इस प्रवृत्ति का हम अच्छा प्रदर्शन पाते हैं। तब एक-एक पुरुष, दस-बीस की कौन कहे, सैकड़ों-हजारों स्त्रियों का 'पूजनीय' पति बन सकता था। हाँ यदि पुरुष चाहें तो पाँच-पाँच मिलकर भी एक स्त्री का उपभोग कर सकते थे। सुनते हैं, रामायण का काल महाभारत से पहले का है। रामायण में जहाँ दशरथ आदि की लज्जास्पद कहानियाँ हैं, वहाँ राम ऐसे लोग भी थे, जो कम-से-कम अपनी स्त्रियों को काम-वासना की सामग्री नहीं समझते थे, लेकिन महाभारत में स्त्रियों का वह रहा-सहा अधिकार उठ गया दीखता है। जब हम स्त्री-समस्या को सामने रखकर महाभारत के दो प्रधान नायक— श्रीकृष्ण या अर्जुन का चरित्र देखते हैं, तो शर्म से हमारा सिर नीचा हो जाता है। इन घटनाओं पर विश्लेषणात्मक दृष्टि डालने से यही पता चलता है कि धीरे-धीरे स्त्रियाँ अपना गौरव और प्रभुत्व खोती गई हैं। उनका जो स्थान वैदिक युग में था, वह रामायण काल में न रहा और जो रहा-सहा सम्मान रामायण काल में बचा था, वह महाभारत काल में ही धुल-पुँछ गया।

इस प्रकार क्रमशः स्त्रियाँ अपने स्थान से गिरती हुईं, वर्तमान अवस्था में पहुँची हैं। आज संसार भर में कुछ असभ्य समाजों को छोड़कर (जहाँ कि इस समय भी उनका वैदिक कालोपम सम्मान और अधिकार है) स्त्रियाँ पुरुषों के गुलाम के रूप में जिंदगी बिता रही हैं। चाहे यूरोप की बात लीजिए या अमरीका की; चीन की चर्चा कीजिए या ईरान की; मिस्र हो या भारत, सभी जगह उनकी यही हालत है। कहीं उनकी गुलामी ने अत्यंत विकट रूप धारण कर लिया है, कहीं उन्हें थोड़ी सहूलियत मिली है, किंतु आप जहाँ-कहीं भी देखें, गुलामी उनके सुंदर ललाट पर लिखी है। कभी-कभी भ्रमवश हम मान लेते हैं कि यूरोप-अमरीका की स्त्रियाँ स्वतंत्र हैं, किंतु वह बिल्कुल गलत बात है। हाँ, पुरुष समाज से बगावत करके उन्होंने थोड़े से 'सुधार' जरूर प्राप्त कर लिये हैं, किंतु जैसे मॉन्टेगू चेम्सफोर्ड सुधार-प्राप्त भारत, स्वतंत्र भारत नहीं कहला सकता था; वैसे ही वहाँ की स्त्रियाँ भी स्वतंत्र नहीं समझी जा सकती हैं।

एक बार जिसको हम गुलाम बनाते हैं, हमारी इच्छा होती है कि वह सदा हमारी गुलामी करता रहे। यही मनुष्य स्वभाव है, मैं अपवाद की बात नहीं करता। पुरुष भी स्त्रियों को सदा गुलाम बनाए रखना चाहें तो इसमें आश्चर्य क्या? किंतु यह भी सर्वस्वीकृत सिद्धांत है कि पशुबल के भरोसे ही, केवल लाठी के जोर से ही, आप किसी को सदा गुलाम नहीं रख सकते हैं। अतः गुलामी की जंजीर को मजबूत बनाने के लिए सबसे अधिक आवश्यकता इस बात की है कि गुलाम के दिमाग और हृदय पर आप ऐसी छाप बिठा दें कि वह अपने को सदा आपसे नीच-पतित समझे, आपकी सेवा करना अपना परम-धर्म जाने, यही नहीं, अपनी सारी साधनाओं का केंद्र आपको ही माने। जहाँ-जहाँ गुलामी फैली, वहाँ-वहाँ गुलाम बनानेवालों ने इसी गुर का प्रयोग किया है। भारत में हम यह दृश्य देख चुके हैं; यूरोप में भी ऐसा ही हुआ था। पुरुषों ने भी इस सिद्धांत को मान लिया। अतः उन्होंने शास्त्रों में, धर्म-पुस्तकों में ऐसे वचन गढ़-गढ़कर घुसा दिए, जिससे स्त्रियाँ अपने को पतित समझें, अपने पति को ही अपनी मुक्ति का आधार मानें, उनके प्रति सदा वफादार बनी रहें, आदि-आदि। चालाकी हो, तो जरा गहरी। जहाँ स्त्रियों को हजारों ढंग से इस तरह के उपदेश दिए गए, वहाँ जब-तब यह भी कहा गया कि पति भी पत्नी का सब प्रकार से सम्मान करे, उनका आदर करे

आदि-आदि, यानी जहाँ पग-पग पर गुलाम को कहा गया कि तू अपने मालिक को ही सब कुछ समझ, तू उसके लिए जी, तू उसके लिए मर, तू अधम है, पतित है, बुद्धिहीन है, दोषों की खान है; अतः सदा अपने 'मालिक' का ही भरोसा कर, वही तुझे तारेगा, वह तेरा उद्धार करेगा, आदि-आदि; वहाँ गुलाम के मालिक को भी चलते-चलते दो-चार शब्द कह दिए गए कि तू भी इसकी जरूरतों को देख, इसके हौसलों को पूरा करने की कोशिश कर, तू इसका सम्मान कर, आदि-आदि। हमारे शास्त्रों में ऐसे वाक्य भरे पड़े हैं। मनु ने एक जगह कह दिया कि यत्र नार्यस्तु पूज्यन्ते रमन्ते तत्र देवता। पुरुष सदा इस श्लोक को स्त्रियों के प्रति अपने सम्मान-भाव के सूचक रूप में पेश करते हैं, किंतु इसी मनु ने यह विधान दिया है स्त्रियाँ कभी भी स्वतंत्र न रखी जाएँ, बचपन में माँ-बाप उनकी निगरानी करें, यौवन में पति उन पर शासन करे और बुढ़ापे में पुत्र उनकी देखभाल करे। कोई भी स्वाभिमानी महिला ऐसी पुस्तक को जला डालना चाहेगी, जिसमें उसकी जाति को सदा गुलामी में रखने का इतना बड़ा जाल रचा गया हो। हमारे तुलसी बाबा ने तो कमाल किया है। 'अधम' ते अधम अधम अतिनारी', 'तीय अधर बुधि', 'नारी स्वभाव सत्य कवि कहहीं। अवगुण आठ सदा उर रहहीं'—आदि उद्‌गारों के द्वारा जब उन्हें संतोष नहीं हुआ तो यह 'मार्शल लॉ' जारी कर दिया कि 'ढोल-गँवार, शूद्र-पशु-नारी, ये सब ताड़न के अधिकारी।' भला इस गुस्ताखी का भी कोई ठिकाना है? खैर, यह तो हुई स्त्रियों की समाज में स्थिति; अब उनका कर्तव्य पतिदेव के बारे में क्या है, यह भी हमारे बाबा से पूछिए। वे कहते हैं, ''वृद्ध, रोग-वश, जड़, धनहीना; अंध बधिर, क्रोधी, अतिदीना, ऐसे हुँ पति कर दिए अपमाना, नारी पाव जमपुर दुख नाना।'' माशाल्लाह। न जाने बाबा का यह सदुपदेश किसी पढ़ी-लिखी युवती की नजरों से गुजरा है कि नहीं। निस्संदेह यदि उसमें थोड़ी भी रहस्य रसिकता होगी, तो खूब हँसे बिना नहीं रहेगी, किंतु वह हँसा करे। आज इस प्रकार के साहित्य को पढ़कर ही उसकी समूची जाति गुलामी का टीका अपने मस्तक पर लगाए सानंद घूमती है? भारतीय स्त्रियाँ अपने सुंदर ललाट पर सिंदूर का बिंदु लगाती हैं, क्या यह गुलामी का टीका नहीं है?

इस प्रकार के 'सतियों के समाज' में वेश्याएँ कैसे निकलीं, समाजशास्त्रियों के लिए यह प्रश्न बड़ी गंभीरता से सोचने का है। वेश्याएँ आज से नहीं हैं, प्राचीनतम

साहित्य में भी उनकी चर्चा है। यही नहीं, पवित्रतम स्थानों में भी उनकी कल्पना की गई है—स्वर्ग, जन्नत, हेवेन सब जगह इनका बोलबाला है। अप्सरा, हूर, फेयरी आदि रूपों में ये परलोक में भी हमारी प्रतीक्षा कर रही हैं। आखिर इनकी उत्पत्ति कैसे हुई?

दो प्रमुख मत हैं। एक का कहना है कि स्त्रियों में जो अलौकिक सौंदर्यशालिनी हुईं, उन पर किसी एक का आधिपत्य रहना न्याय की दृष्टि से और समाज के कल्याण के विचार से भी उचित नहीं समझा गया। संभव था इन्हें समाज के भीतर किसी एक की होकर रहने से मार-पीट, खून-खराबा और फलतः, महान् अशांति फैल जाती। अतः जहाँ सारी गुलाम जाति बाँट ली गईं, वहाँ कुछ सार्वजनिक उपयोग के लिए भी छोड़ दी गईं। इनके यहाँ सबकी पैठ थी। ये सबकी चीजें थीं, चूँकि समाज ने ही इनकी रचना की थी, अतः इसके बदले इन्हें थोड़ी सामाजिक प्रतिष्ठा भी दे रखी थी और पवित्रतम स्थानों में भी इनकी पैठ कर दी थी। अनुपम सौंदर्य के कारण सभी इनसे सहवास की इच्छा रखते थे, यहाँ तक कि परलोक में ऐसे सौंदर्य की कल्पना करते। वैशाली के प्रजातंत्र में एक नियम था कि जो सबसे सुंदरी युवती होगी, उसकी शादी न होगी, उसे राज्यनर्तकी के रूप में ही रहना होगा। सुप्रसिद्ध ऐतिहासिक नारी अंबपाली ऐसी ही स्त्री थी, यह तथ्य उपर्युक्त मत की पुष्टि करता है। दूसरा मत कुछ विद्रोहवादी सा है। संभव है; कुछ लोग इससे भड़कें, किंतु सत्य को कब तक छिपाया जा सकता है? इस मत के अनुसार वेश्याएँ वे विद्रोही स्त्रियाँ हैं, जिन्होंने पुरुषों की गुलामी के टीके को पोंछकर अपने को पूर्ण स्वतंत्र कर लिया। अब चूँकि उन्होंने विद्रोह किया, अतः पुरुष समाज इनकी सामाजिक स्थिति को बुरी-से-बुरी बताने लगा। जैसे आज की सरकारें अपने विद्रोहियों को समाज का शत्रु, उच्छृंखल और अबारा नामों से पुकारती हैं, उसी तरह से पुरुषों ने भी इन्हें पतिता, भ्रष्टा, कलंकिनी, राक्षसी, समाज की बैरिन आदि नामों से पुकारा और आज तक पुकारते जा रहे हैं। इधर जिन्होंने गुलामी कबूल कर ली उन्हें सती, साधवी आदि शुभनामों से संबोधित किया, जैसा कि आज भी सरकार के खुशामदी टट्टू, रायबहादुर, राजबहादुर, सर आदि नामों से पुकारे जाते हैं। यदि हम गौर से सोचें तो यह पता चलेगा कि इन दोनों कथनों में बहुत कुछ तथ्य है। हो सकता है कि कुछ अंशों में दोनों ही

सत्य हों और इन दोनों प्रकार की प्रवृत्तियों के ही संयोग से इनकी सृष्टि हुई हो। आज तक एक ओर देवालयों में इनकी पीठ और दूसरी ओर इनकी निंदा के इतने शब्द इस कथन की सत्यता का समर्थन करते हैं।

किंतु इनकी उत्पत्ति चाहे जिन सामाजिक कारणों से हुई हो, इसमें शक नहीं कि जिस तरह बेकारी की समस्या आजकल के पैदावार के पूँजीवादी ढंग की असफलता की सूचक है, इसी तरह ये समस्याएँ हमारे सामाजिक संगठन की कुव्यवस्था के ज्वलंत प्रमाण हैं और जिस प्रकार बेकारी की समस्या हमारी पूर्ण आर्थिक समस्या का एक अंग है और बिना उस पर संपूर्ण रूप से विचार किए यह हल नहीं हो सकती, उसी प्रकार यह वेश्याओं की समस्या महान् स्त्री-समस्या का एक अंगमात्र है और इसके समाधान के लिए भी उस संपूर्ण समस्या पर विचार करना अत्यंत आवश्यक है।

गुलामी को स्थायी बनाने के लिए आप चाहे जितना प्रयत्न करें, किंतु इसका नाश अवश्यंभावी है, यह भी एक निश्चित बात है। जिस तरह अन्य प्रकार की गुलामियों का अंत हुआ, उसी प्रकार इस गुलामी का भी अंत निकट आ रहा है। यह बीसवीं शताब्दी सामाजिक क्रांतियों की शताब्दी है। इस समय संसार के हर देश में सामाजिक क्रांतियों की धूम है। युग-युग की कड़ियाँ टूट रही हैं। निचली सतह में सड़नेवाले प्राणियों की करवट से बड़े-बड़े प्रासाद ढह रहे हैं। पीड़ितों, पददलितों का बोलबाला है। यूरोप अपनी सामाजिक शक्तियों के लिए विख्यात है ही, एशिया में इसके लक्षण स्पष्ट दीख रहे हैं। मुसलमानी दुनिया अपनी कट्टरपंथी के लिए बहुत मशहूर है, किंतु एशिया की सामाजिक क्रांति का पथ-प्रदर्शन टर्की ने किया है। सामाजिक क्रांति की अग्नि में स्त्रियों की गुलामी भी जलने ही वाली है। समय के प्रभाव को कोई रोक नहीं सकता।

समय के प्रवाह के मूल में कुछ और भी कारण हैं, जिनसे यह स्पष्ट सूचित होता है कि यह गुलामी भी खत्म ही होनेवाली है। स्त्री-शिक्षा का व्यापक प्रसार और नवीन वैज्ञानिक उन्नति, इन कारणों में मुख्य हैं।

इधर संसार के प्रायः सभी देशों में स्त्री-शिक्षा का प्रचार बढ़ रहा है। स्त्रियाँ शिक्षित हों, यह अब प्रायः हर पुरुष चाहता है। क्यों? इस प्रश्न का उत्तर देना जरा कठिन है। मैकाले ने जिस उद्देश्य से भारतीयों को अंग्रेजी शिक्षा देने की

सिफारिश की थी, वही उद्देश्य इन स्त्रियों को पढ़ाने-लिखाने का भी है? या इस उद्देश्य में विशुद्ध नि:स्वार्थभाव है? मेरे ऐसा आदमी, जो ऐतिहासिक भौतिकवाद का अनुयायी है, इस अंतिम बात को स्वीकार कर नहीं सकता। मेकाले ने हमें अंग्रेजी पढ़ाने की सिफारिश की थी, क्योंकि वह सोचता था कि अंग्रेजी पढ़-लिखकर हम अच्छे क्लर्क हो सकेंगे या यों कहिए कि अंग्रेजी राज्य के स्तंभ साबित होंगे। यों ही हमने स्त्रियों को पढ़ाना-लिखाना शुरू किया है तो इसलिए कि वे सहूलियत के साथ गृह-प्रबंध और हमारा मनोरंजन कर सकें यानी वे सुशील गृहिणी बन सकें, किंतु, जिस प्रकार मेकाले का उद्देश्य विफल हुआ, उसी तरह हमारा उद्देश्य भी विफल हो रहा है। अंग्रेजी शिक्षा ने जहाँ बहुत से क्लर्क और अंग्रेजी राज्य के स्तम्भ पैदा किए, वहाँ उसने गांधी और जवाहर की भी सृष्टि की है। यों ही हमारी स्त्री-शिक्षा ने जहाँ बहुत सुशीला गृहिणियों की सृष्टि की है, जो अपनी वर्तमान परिस्थिति को अच्छी तरह समझ गई हैं और इससे उद्धार पाने के लिए व्यापक प्रयत्न कर रही हैं। इनकी विद्रोही वाणी न केवल यूरोप और अमरीका में गूँज रही है, बल्कि परदे के अंतराल को फाड़कर हमारे घरों में भी प्रवेश कर रही है और वह दिन दूर नहीं, जब हमें इनका लोहा मानने को बाध्य होना पड़ेगा।

स्त्रियों की इस गुलामी का प्रधान कारण उनकी शारीरिक कमजोरियाँ रही हैं, किंतु इधर जो वैज्ञानिक उन्नति हुई, उसने उनकी इन शारीरिक कमजोरियों को नगण्य बना दिया है। स्त्रियों की शारीरिक कमजोरियों में सबसे प्रमुख थी उनकी गर्भधारण की योग्यता। सहवास का सुख तो दोनों लूटते हैं, किंतु गर्भ का बोझ बेचारी अबला को ही उठाना पड़ता है। उचित तो यह था कि इस भार-वहन की योग्यता के कारण, जिस पर कि सारी सृष्टि निर्भर है, हम स्त्रियों की पूजा करते, किंतु उसके बदले हम और भी जंजीरें कसने लगे। हमारे पास नहीं रहोगी, तो जाओगी कहाँ? गर्भ के समय तुम्हारा पालन-पोषण कौन करेगा? तुम्हारे बच्चे को पालेगा-पोसेगा कौन? फलत: स्त्रियों ने इसी में कल्याण समझा कि किसी पुरुष का पल्ला पकड़े रहें, जो इस अत्यंत और अनिवार्य आवश्यकता की फजीहत से उन्हें बचाए, किंतु विज्ञान ने उनकी इस कमजोरी को दूर कर दिया है। अब संतान निग्रह के ऐसे तरीके निकल गए हैं, जिनका प्रयोग कर वे

इस बवाल से जान सफलतापूर्वक बचा सकती हैं। साथ ही विज्ञान ने कलों, यंत्रों की सृष्टि कर अब उनके लिए ऐसी सुविधा कर दी है कि शारीरिक दृष्टि से कमजोर होने पर भी वे जीवन-यापन के सभी काम उनकी सहायता से मजे में कर सकती हैं। अब स्त्रियाँ केवल कपड़े बुनने, सीने, टाइप आदि का काम करके ही स्वतंत्र जीवन नहीं बिता सकतीं, वरन् वे हल चलाती हैं, मोटर गाड़ी चलाती हैं, वायुयान उड़ाती हैं, यहाँ तक कि युद्ध के काम में भी उनकी शारीरिक शक्तिहीनता कुछ ज्यादा विघ्न नहीं डालती। इस प्रकार विज्ञान ने उन्हें हर तरह से स्वतंत्र कर दिया है और वे अब पुरुषों को अँगूठा दिखाकर स्वतंत्र जीवन व्यतीत कर सकती हैं तथा कर रही हैं।

इस प्रकार स्त्रियों की स्वतंत्रता या उनकी गुलामी का अंत, निश्चित और ध्रुव है। चूँकि गुलामी का अंत होता है, अतः गुलामी के चिह्न आदि भी नष्ट होंगे। आप जिसे सतीत्व कहते हैं, वह क्या है? वह है गुलामी का दमामी पट्टा। जमीन का दमामी बंदोबस्त टूट रहा है, फिर शरीर का दमामी बंदोबस्त कैसे टिका रहेगा?

किंतु मेरे उपर्युक्त कथन से यदि आप यह निष्कर्ष निकालें कि मैं विवाह-संबंध का विरोधी हूँ, तो यह आप गलत समझते हैं। प्रकृति ने पुरुष और स्त्री को कुछ ऐसे पूरक रूप में बनाया है कि एक के बिना दूसरे की गुजर ही नहीं है। अतः दोनों को किसी न्यायपूर्ण और उचित संबंध सूत्र में गूँथना ही पड़ेगा किंतु इस संबंध में तब तक स्थायित्व नहीं आ सकता, जब तक कि उसमें समानता पहली शर्त न हो। अपनी रजामंदी से की गई समानता की नींव पर स्थापित मैत्री-संबंध को हम आज भी मनुष्य समाज की सबसे बड़ी चीज पाते हैं। सच्चे मित्र एक-दूसरे के लिए क्या नहीं करते? कौन सी तकलीफ नहीं उठाते? किंतु क्या इसके लिए मित्रों में किसी इकरारनामे की जरूरत होती है? यों ही पुरुष पारस्परिक रजामंदी से, समानता से प्रशस्त पुनीत आधार पर वैवाहिक संबंध स्थापित करेंगे और उन्हें आजन्म निभाने का भी प्रयास करेंगे, किंतु उस समय स्त्री पुरुष की 'अनुचरी' नहीं होगी, वह 'सहचरी' होगी। ऐसा नहीं होगा कि आप चार-चार शादियाँ करें, इससे भी तुष्टि न हो तो वेश्यालयों की सैर किया करें, किंतु अपनी पत्नी को एकांतनिष्ठा से आपकी भव्य मूर्ति की मानसिक आराधना करने को

कहें। आप बुढ़ापे में भी एक स्त्री के मरते ही दूसरी के लिए छटपटाएँ और महीना बीतते-न-बीतते एक छोकरी घर में लाकर मौज उड़ाएँ। उधर जवानी में होने पर भी अपनी बहू को सतीत्व के नाम पर जन्म भर रोने का सदुपदेश दें। ये सब अनाचार और दुराचार अब चलने वाले नहीं। आप अपने लिए जिस अधिकार को चाहते हैं, स्त्रियों को भी वही अधिकार देना पड़ेगा। आज भी स्त्रियों ने वह अधिकार ले लिया है, किंतु चोरी-छिपे! फर्क यही है कि आप खुले-आम, छाती खोलकर, वेश्यालयों में जाते हैं, किंतु वह गंगा-स्नान के बहाने या आपके महल में ही आपको चकमा देकर इसका बदला आपसे चुकाती है। आप बेशर्म होकर जब बुढ़ापे में भी एक छोकरी को घर लाकर बिठाते हैं तो वह भी लाज धोकर किसी कोठे पर खुलेआम जा बैठती है।

वेश्याओं की समस्या, वेश्याओं की समस्या का शोर है? किंतु तह तक सोचने की फुरसत नहीं है। हम मामूली मलहम से 'कारबंकल' जैसे घातक फोड़े से आराम पाना चाहते हैं, यह असंभव है। आप स्त्रियों को समानाधिकार दीजिए, फिर यह समस्या खुद ही हल हो जाएगी, बाबा तुलसीदास के सतीत्त्व की कल्पना जब तक आपके दिमाग में है, तब तक स्त्रियाँ वेश्याएँ बनेंगी ही। इस समस्या की पाँच लाख वेश्याओं के विवाह भले ही आप करा दें, पाँच वर्ष के बाद फिर इनकी गिनती लाखों की तादाद में होगी। मेरी व्यक्तिगत जानकारी में दो स्त्रियाँ वेश्या हुई हैं। एक कुलीन घर की कन्या थी। उसका पति गँजेड़ी था। वह इस स्त्री को इतना पीटता था कि वह नैहर भाग आई। नैहर आकर उसने पुनः ससुराल जाने से इनकार कर दिया। बहुत रोई, बहुत आजिजी प्रकट की, किंतु नैहरवालों ने उसकी प्रार्थना पर कान नहीं दिया। फल यह हुआ कि वह भागकर वेश्या बन गई। दूसरी लड़की छोटी जाति की थी, किंतु अत्यंत सुंदरी। उसकी शादी कर दी गई थी एक नितांत कुरूप और निर्धन पुरुष से। वह भाग खड़ी हुई। क्यों न भागती? पूर्णिमा का चंद्रमा श्राध के काले चूल्हे से संबंध नहीं निभा सकता।

निर्धनता—हाँ, यह भी वेश्याओं की स्थिति का एक प्रधान कारण है, क्योंकि उनसे कुरूप स्त्रियाँ, जो उसके निकट बंदरी लगती हैं, नाना प्रकार के आभूषणों से लदी, मौज और विलास के जीवन व्यतीत करती हैं, तो फिर उनके दिल में भी अपने इन सुंदर अंगों को सजाने और आराम से रखने की इच्छा उगे, तो आश्चर्य

क्या? यह नितांत मानवोचित है।

यदि आप वेश्याओं की समस्या हल करना चाहते हैं तो उन उपायों की शरण लीजिए, जिन उपायों की शरण लेकर रूस ने आज अपने विस्तृत देश से इस कलंकपूर्ण प्रथा को आमूल नष्ट कर दिया है। बात तो यह है कि स्त्रियों को आप गुलामी से एकदम मुक्त कर दें और उन्हें अपने ही समान सब अधिकार प्रदान करें। उन्हें पूर्ण समानता के पद पर अधिष्ठित किए बिना आपका काम अब चल भी नहीं सकता। आप उन्हें यह पद नहीं देंगे तो वे स्वयं यह अधिकार प्राप्त कर लेंगी, जिसके लक्षण आज चारों ओर दीख रहे हैं। अतः समय रहते आप सुबुद्धि से काम लीजिए और यूरोप तथा अमरीका आदि में जो स्त्री-पुरुष संघर्ष चल रहा है, उससे अपने देश को बचाइए। स्त्रियों को समान अधिकार देकर आप उस स्रोत को ही बंद कर देंगे, जहाँ से वेश्याओं की उत्पत्ति हुई है। तब बात रह जाएगी इन पाँच लाख वेश्याओं की। इनके लिए भी रूस ही आपको राह बताएगा। आर्थिक विषमता को दूरकर उस वर्ग का नाश ही कर दीजिए, जिनके धन पर ये वेश्याएँ पलती हैं। सेठों और राजा बाबुओं की बड़ी कोठियाँ ही इन वेश्याओं के लिए चारा-पानी जुटाने वाली संस्थाएँ हैं; क्या इसको समझाने की जरूरत होगी। इन कोठियों का यथोचित सुधार करने से वेश्याएँ भी सुधर जाएँगी। ठीक उसी तरह जिस तरह पानी सूखते ही धान सूख जाता है। समाजवाद जहाँ इन कोठियों का सुधार करेगा, वहाँ 'मेहनत नहीं, तो रोटी नहीं' का सिद्धांत जारी कर वेश्याओं में जो बची-खुची रहेंगी, उन्हें वह सम्मान पूर्ण जीवन व्यतीत करने को बाध्य करेगा।

आशा है, इस समस्या पर लोग गौर करेंगे। खासकर मैं भी अपील करूँगा कि ये लोग वेश्याओं से विवाह करने के बदले इस समस्या पर निर्भीक चित्त से विचार करें और इसके कारणों तथा कार्य पर विचार कर इस निंदनीय एवं नारकीय प्रथा का समूल नाश करने में अपने को बरबाद कर देने का भी स्वप्न देखें। देश में इस समय सपत्नीक युवकों की जरूरत नहीं है। आज भी काफी से ज्यादा लोग विवाहित हैं। जरूरत तो ऐसे लोगों की है, जो जीवन के गहन उद्‌देश्य की पूर्ति के लिए जटिल परिस्थितियों का सामना करने को तैयार हों।

□

नारी-जागरण और विवाह-बंधन

संसार में इस समय जो चहुँमुखी जागृति की लहर फैल रही है, उसका प्रभाव नारी-समाज पर भी पड़ा है। पड़ना अनिवार्य था। जिस प्रकार शरीर के किसी अंग में हुई थोड़ी सी भी हलचल का असर समूचे शरीर में थोड़ा-बहुत हुए बिना नहीं रहता, पैर की उँगली में छोटा सा काँटा चुभता है तो माथा झनझना उठता है, पेट में जरा सा दर्द हुआ कि सिर से पैर तक ऐंठन शुरू हुई, उसी प्रकार समाज के किसी भी अंग में यदि हलचल होगी तो उसका प्रभाव समाज के हर अंग पर कुछ-न-कुछ जरूर पड़ेगा। फिर स्त्रियाँ तो समाज का आधा अंग ठहरीं।

यों ही इस नारी-जागरण का प्रभाव भी नारियों से संबंध रखनेवाले हर एक कार्य-क्षेत्र में जरूर पड़ेगा। यह जागरण भी एकांगी नहीं हो सकता। धार्मिक, सामाजिक, आर्थिक, राजनीतिक, सभी क्षेत्रों में जाग्रत् नारी-वर्ग अपने लिए उपयुक्त स्थान की खोज करेगा, कर रहा है, क्योंकि आप जीवन को एक-दूसरे से बिल्कुल अलग विभागों में नहीं बाँट सकते। जागृति तो जाह्नवी की धारा लहरा देगी।

विवाह नारी-जीवन में एक प्रमुख स्थान रखता है। देखना है, इस नारी-जागरण का प्रभाव विवाह-संबंध पर क्या पड़ता है।

जो लोग किसी सर्वसूत्रधारी जगत्नियंता पर विश्वास रखते हैं, उनके लिए दुनिया की सभी समस्याएँ स्वयं-सिद्ध हैं। 'भगवान् की इच्छा' बस, इन कुछ अक्षरों में ही उनके लिए सभी प्रश्नों के उत्तर निहित हैं, किंतु जो वैज्ञानिक हैं, उनका पथ इतना सुगम नहीं है। प्रत्येक समस्या की वैज्ञानिक छानबीन करना

और एक लंबे विश्लेषण के बाद ही किसी निर्णय पर पहुँचना, उनका कर्तव्य होता है। यही कारण है कि जहाँ पहले प्रकार के सज्जन विवाह को ईश्वर की प्रेरणा से हुआ एक 'पवित्र संबंध' कहके ही संतोष कर ले सकते हैं, वहाँ दूसरी तरह के सज्जनों ने, जिज्ञासु-भाव से, इस संबंध में कितनी खोज की है और आज भी अपने प्रयत्न में दत्तचित्त हैं, उन लोगों के प्रयत्न से विवाह विषयक साहित्य एक बड़े पैमाने पर तैयार हो चुका है, जो अपनी अन्य उपयोगिताओं के साथ मनोरंजक भी कम नहीं है। अभागा हिंदुस्तान अपनी राजनीतिक मुक्ति के लिए ही अपनी अधिकांश शक्ति व्यय कर रहा है; फलतः अन्य विषयों पर सोचने-विचारने का उसे समय ही कहाँ मिलता है, किंतु जो देश स्वतंत्र हैं, उनके मनीषियों के सामने जो दो-चार प्रमुख प्रश्न हैं, उनमें से एक है, यही विवाह संबंधी प्रश्न। एक विख्यात विद्वान के मतानुसार तो दुनिया में इस समय दो ही प्रश्न प्रमुख हैं, स्त्री-पुरुष रामस्या और समाजवाद। यही कारण है कि आज पाश्चात्य देशों में इन दो विषयों पर ही ज्यादातर निबंध, पुस्तकें आदि निकलती हैं।

स्त्री और पुरुष की शारीरिक बनावट ही कुछ ऐसी है कि वे एक-दूसरे के अपेक्षित रहेंगे ही। साफ शब्दों में यों कहा जा सकता है कि बिना इनका पारस्परिक संयोग हुए सृष्टि का क्रम चल ही नहीं सकता, किंतु यह संयोग किन नियमों के आधार पर हो, यही देखना है। अब यह सर्वस्वीकृत सिद्धांत हो चला है कि हमारे व्यवहार में भौतिक परिस्थितियों का सबसे अधिक प्रभाव पड़ता है। सदाचार, कानून, राज्य आदि सभी व्यवस्थाएँ भौतिक परिस्थितियों का अनुसरण करती हैं। यही कारण है कि हर देश के लोगों के आचार-विचार में अंतर आता है। यही नहीं, समय-समय पर भौतिक परिस्थितियों के बदलने के कारण, एक ही देश में इन विषयों की धारणाओं में काफी परिवर्तन होते रहते हैं। स्त्री-पुरुष के पारस्परिक संबंध की स्थापना में भी तत्कालीन और तत्स्थानीय भौतिक परिस्थितियों का प्रभाव पड़ा, भिन्न-भिन्न देश तथा समय में भिन्न-भिन्न रूप इसने ग्रहण किए, किंतु सब जगह एवं सब काल में एक बात समान रूप से थी। एक तरफ था पुरुष एवं दूसरी तरफ थी स्त्री और इन दोनों की शारीरिक बनावट कुछ ऐसी थी कि पुरुषों का सदा और सर्वत्र स्त्रियों पर बोलबाला रहा।

जब सृष्टि शुरू हुई, न कोई जंतु 'नर' नाम का था, न 'मादा' नाम का। प्राकृतिक नियमों के कारण पृथ्वी, जल, अग्नि, पवन और आकाश के सम्मिश्रण से स्वयं सृष्टि शुरू हुई, किंतु धीरे से जंतुओं में नर और मादा ये दो विभाग हो गए। कुछ ऐसे जीव भी हैं, जो उभयलिंगी हैं यानी जिनमें नर और मादा शक्तियों का एक ही जगह विकास हुआ है, जैसे पेड़-पौधे आदि। नर और मादा, इन दो विभागों का विकास मानवी रचना के पहले ही हो चुका था। मादा के हिस्से में संतानोत्पत्ति का वास्तविक भार पड़ा। फल यह हुआ कि बार-बार गर्भ धारण करने और संतान पैदा करने के कारण उसकी शक्ति क्षीण होती गई। दूध पिलानेवाले जंतुओं में तो यह शक्ति-क्षीणता चरम सीमा तक पहुँची, क्योंकि मादा को अपने रक्त को दूध बनाकर बहुत दिनों तक बच्चों को पालना-पोसना भी पड़ता है। बच्चों के पालन-पोषण के कारण उसमें सुकुमार भावों का भी ज्यादा विकास हुआ। इन कारणों से मादा की शरीर-रचना में भी पुरुषों की अपेक्षा अंतर आने लगा। जो जंतु बच्चों पर जितना ही अधिक खयाल रखता है, उसकी मादा की शरीर-रचना पुरुषों की अपेक्षा उतनी ही अधिक कमजोर पाई जाती है। पक्षी, गाय और बंदर के नर और मादा की शरीर-रचना हर तुलनात्मक दृष्टि से देखिए; तो आपको इस कथन की प्रामाणिकता समझ में आ जाएगी। बंदर का ही विकास मनुष्य में हुआ। फलतः मनुष्यों में स्त्री-पुरुष की शरीर-रचना में केवल बनावट का ही अंतर नहीं, शक्ति में भी ऐसा ही देखा गया। एक तरफ पुरुष था, जिसके पुट्ठे मजबूत थे, भुजाओं में शक्ति थी, हृदय में अदम्य साहस था, जो अपनी मर्दानगी में मस्त था। दूसरी तरफ थी स्त्री, पतली पंसुलियों वाली, सुकुमार शरीरवाली, दयार्द्र हृदयवाली, स्त्रीत्व से ओत-प्रोत, मातृत्व से लबालब?

अब इन दोनों में जो पारस्परिक संबंध जुटता, उसमें उनकी इस शारीरिक भिन्नता का प्रभाव जरूर पड़ता। पड़ा भी ऐसा ही। स्त्रियों को पुरुषों की शारीरिक श्रेष्ठता के आगे सिर झुकाना पड़ा। विवाह स्त्री-पुरुषों के संबंध-बंधन में पुरुषों की चाँदी रही। जिसकी लाठी, उसकी भैंस, इस कहावत ने यहाँ भी अपनी यथार्थता दिखलाई। आप चाहे जिस स्थान और जिस काल का विवाह-संबंध लीजिए, स्त्रियों के ऊपर पुरुषों के प्रभुत्व की छाप आपको स्पष्ट दीख पड़ेगी।

कुछ बंदरों में एक स्वभाव पाया जाता है। उनमें जो नर होता है, वह मादा-बंदरों पर, जो स्वभावतः ही कमजोर हुआ करती हैं, एकाधिकार कर लेता है। इस एकाधिकार के लिए नर बंदरों में प्रायः लड़ाइयाँ हुआ करती हैं और जो बलवान होता है, वह अन्य नर-बंदरों को मारकर या भगाकर बँदरियों पर एकाधिपत्य कायम करता है। ऐसे बंदरों के कुछ झुंड मैंने स्वयं भागलपुर जिले में देखे थे और इनकी लड़ाइयों की कहानियाँ प्रत्यक्षदर्शियों के मुँह से सुनी थीं। क्या स्त्रियों पर एकाधिकार रखने की भावना भी हमने इन्हीं बंदरों से विरासत के रूप में पाई है? एक बात तो निश्चित रूप से कही जा सकती है कि प्राचीन काल में किसी स्त्री या स्त्रियों के पीछे बड़े-बड़े योद्धाओं में युद्ध होते थे और उनमें जो विजयी होता था, वही उस या उन कन्याओं को पाता था, जैसे भीष्म ने काशीराज की कन्याओं को प्राप्त किया था। यह प्रथा इसी बंदर-प्रवृत्ति के शेष चिह्नस्वरूप मालूम पड़ती है। यद्यपि भीष्म ने इन कन्याओं को अपने लिए नहीं प्राप्त किया था, तो भी इससे हमारे कथन में कोई व्याघात नहीं पड़ता। दूसरे के लिए की गई सीनाजोरी भी आखिर सीनाजोरी ही है। यही नहीं, एक पुरुष द्वारा अनेक स्त्रियों पर एकाधिकार (जिस दोष से श्रीकृष्ण और अर्जुन जैसे महापुरुष भी नहीं बच सके) रखने की भावना भी इसी बंदर-वृत्ति की ही सूचक है, यह बात निर्भय कही जा सकती है। श्रीकृष्ण को एक ओर गीता का ज्ञान देते और दूसरी ओर इस प्रथा का शिकार होते देख यही कहना पड़ता है कि आसपास की परिस्थितियाँ हमसे वे काम लेती हैं, जिनको हम किसी प्रकार भी नहीं कर सकते। दोष भीष्म, कृष्ण और अर्जुन का नहीं है, उस समय की समाज-नीति ही ऐसी थी।

किंतु मनुष्य बंदरों से निकटतम संबंध रखने पर भी केवल बंदर ही नहीं है। स्त्रियों पर एकाधिपत्य कायम करने में इस बंदर वृत्ति के अलावा और कुछ बातें भी काम कर गई होंगी। उनमें दो तो प्रधान हैं। एक तो रक्त शुद्धि का मोह यानी हमसे जो संतान पैदा हो, उसमें हमारा ही रक्त रहे। इसकी तह में यह भावना भी छिपी है, जिसके अनुसार आदमी अपनी संतान के रूप में अपनी प्रतिकृति छोड़ जाने की आकांक्षा रखता है और यह प्रतिकृति जितनी ही रंग-रूप, बल-वीर्य में उसके निकटतम हो, वह उतनी ही प्रसन्नता अनुभव करता

है। यदि हमारी स्त्री दूसरे पुरुष से सहगमन करेगी, तो जो बच्चा होगा, उसमें रक्त सम्मिश्रण होगा; अतः पुरुषों ने स्त्रियों पर 144 दफा लगा दी कि वे दूसरे पुरुषों से संसर्ग न करें। पुरुष यदि स्त्रियों को अपनी बराबरी का दर्जा दिए होता, तो वह सोचता कि जिस प्रकार उसके हृदय में नई-नई स्त्रियों के साथ सहगमन करने की इच्छा उठती है, उसी प्रकार की इच्छा क्या उसकी पत्नी के हृदय में नहीं उठ सकती, फिर उसके लिए दो ही उपाय थे—एक तो यह कि वह स्वयं भी एक पत्नी-व्रत पर अटल रहे या अपनी स्त्रियों को भी स्वच्छंद छोड़ दे, किंतु बड़े-बड़े ऐतिहासिक पुरुषों ने ऐसा नहीं किया। यह रक्त शुद्धता का मोह आज भी बहुत अंशों में विद्यमान है। सभी समाजों और सभी देशों में पुरुषों को वेश्यागमन आदि के रूप में पर-स्त्री-सहगमन की सहूलियतें मिली हुई हैं, किंतु स्त्रियों के लिए घोर पतिव्रत की अकाट्य व्यवस्था है, यदि हम किसी लक्ष्मी-पुत्र को कोठे की सैर करते हुए सुनते या देखते हैं, तो हम इसको जीवन की एक साधारण घटना समझकर उपेक्षा करते हैं; किंतु ज्यों ही किसी कुलवधू की, भले ही वह उसी वेश्यागामी की पत्नी हो, किसी दूसरे पुरुष से प्रेम-चर्चा की बात सुनते हैं, तो हम उत्कर्ण हो जाते हैं और शीघ्र ही हमारा आश्चर्य महान् क्रोध के रूप में परिणत हो जाता है।

दूसरी बात है, स्त्रियों में गर्भधारण करने की योग्यता। इसके चलते भी स्त्रियों ने अपने पर पुरुषों का एकाधिपत्य कायम होने दिया होगा। गर्भधारण और प्रसव के बाद कुछ महीने तो ऐसे होते हैं कि जिनमें स्त्रियाँ किसी प्रकार की कड़ी मेहनत नहीं कर सकतीं। इस समय उनकी कोई मदद करे, ऐसी भावना उनके हृदय में उठ सकती है। यही नहीं, इन बच्चों के लालन-पालन या शिक्षा-दीक्षा के लिए किसी स्थायी सहायक की आवश्यकता उन्हें महसूस हुई होगी। फलतः पुरुषों की एकाधिपत्यता की शर्त को बरबस उन्हें मंजूर करना पड़ा होगा।

छानबीन करने से यों ही कितने ही कारण दीख पड़ेंगे, जिनके चलते स्त्रियों पर एकाधिपत्य हुआ। भौतिक परिस्थितियों के कारण—देश, काल और पात्र के अनुसार। इनमें अंतर होना स्वाभाविक ही है। फलतः हर देश और हर समय में ही नहीं, हर व्यक्ति के संबंध में भी, इस विषय में विभिन्नता दिखलाई

पड़ेगी। यही कारण है कि विवाह के नाना रूप रहे हैं और आज भी हैं। मनुष्य सोचने-विचारनेवाला प्राणी है, यद्यपि उसका सोचना-विचारना ही तत्सामयिक भौतिक परिस्थितियों पर ही अधिकांशत: निर्भर करता है, साथ ही केवल शारीरिक बल ही सदा-सर्वदा विजयी नहीं होता है। इन तथ्यों का प्रभाव भी विवाह-बंधन पर पड़ा है। पुरुषों के एकाधिपत्य में रहकर भी स्त्रियों ने पूर्वकाल में अनुपम कर्तृत्व दिखलाए हैं और समाज में अपने लिए उपयुक्त स्थान स्थापित करने में वे समर्थ हो सकी हैं। इसी से यह भी सूचित होता है कि ज्यों ही अवसर आएगा, वे अपने को इस घृणित एकाधिपत्य से अलग करने में सर्वथा समर्थ हो सकेंगी।

अब देखना यह है कि विवाह संबंध में इस नारी-जागरण का क्या प्रभाव पड़ेगा? हम लेख के प्रारंभ में ही कह चुके हैं कि यह नारी-जागरण विश्वव्यापी जागृति का एक अंगमात्र है। इस विश्वव्यापी जागृति ने जहाँ नारियों के कानों में जागरण का मंत्र फूँका है, वहीं पुरुषों के जीवन पर भी कुछ कम प्रभाव नहीं डाला है। स्त्रियों के प्रति पुरुषों के भाव दिन-दिन उदार होते जा रहे हैं, किंतु स्त्रियों की मुक्ति उन्हीं की चेष्टाओं पर निर्भर है। पुरुषों की उदार-भावना उनके पथ में कुछ काँटे चुन देगी, बस इतना ही; रास्ता तो उन्हें स्वयं पर तय करना होगा। इस नारी-जागरण का सबसे मुख्य प्रभाव यही हुआ है कि स्त्रियाँ सब प्रकार से स्वावलंबी बनने की चेष्टा में लगी हुई हैं। घर की चहारदीवारी के अंदर बंद होकर अपने बाल-बच्चों की देखरेख करने या अपने पतिदेव के भोजन, शयन की व्यवस्था में ही अपने को तल्लीन रखने की भावना अब धीरे-धीरे नष्ट हो रही है। इस प्रकार के जीवन ने उन्हें परावलंबी बना दिया है, अपने भोजन-बसन के लिए भी उन्हें पति का मुहताज रहना पड़ता है। अत: अब वे चाह रही हैं कि ये रोटी खुद कमाएँ। इधर इस युग के वैज्ञानिक आविष्कारों ने उनकी शारीरिक शक्ति-हीनताजनित अयोग्यता को दूर कर दिया है। अब वे कलों की सहायता से सभी प्रकार के शारीरिक कार्यों को भी मजे से कर ले सकती हैं। स्वावलंबन की किरणें भारत के अंदर भी पहुँच गई हैं और हमारी देवियाँ गृहदेवियाँ न रहकर क्रमशः ऑफिस, वकालतखाने, दवाखाने, पुतलीघर आदि की देवियाँ हो रही हैं। वकील, डॉक्टर, प्रोफेसर, राजनीतिक

कार्यकर्ता आदि के रूप में आप उन्हें बिहार और यू.पी. ऐसे पर्दानशीन प्रांतों में भी देख सकते हैं। स्वावलंबन की यह पहली सीढ़ी है, आगे यह कहाँ तक बढ़ेगा, आप शायद कल्पना भी नहीं कर सकते और ज्यों-ज्यों उनमें स्वावलंबी बनने की भावना बढ़ती जाएगी, त्यों-त्यों यह विवाह-बंधन भी शिथिल पड़ता जाएगा, क्या इस कथन में अत्युक्ति है?

आत्माभिव्यंजना की प्रवृत्ति भी स्त्रियों को इस ओर आकृष्ट कर रही है। आदमी अपने को प्रकाश में लाना चाहता है। चाहता है कि उसकी शक्तियों का विकास हो और लोग उस विकास को देखें तथा सराहें। मनोविज्ञान या शरीर रचनाशास्त्र का कोई विद्वान यह कहने की धृष्टता नहीं कर सकता कि स्त्रियों का शरीर या मस्तिष्क केवल बच्चे पैदा करने, उन्हें पालने-पोसने या पतिदेव का मनोरंजन करने के लिए ही बनाया गया है, इनमें दूसरे प्रकार की योग्यता है ही नहीं। इतिहास भी इस धारणा का खंडन करता है। स्त्रियों ने कला, विज्ञान, राजनीति, उद्योग, शौर्य, सब क्षेत्रों में अवसर पाने पर व्युत्पन्नता दिखलाई है। जाग्रत् नारी-समाज चाहेगा कि वह केवल घरों के अंदर बंद न रहे, केवल पति और बच्चों के पचड़े में ही न फँसा रहे, वह चाहेगा कि उसकी गिनती कलाविदों, आविष्कारकों, राजनीतिज्ञों, सेनापतियों आदि में हो और जैसे-जैसे यह चाह बढ़ती जाएगी, विवाह-बंधन की कड़ियाँ भी ढीली पड़ती जाएँगी, इसमें भी क्या कोई शक है?

धीरे-धीरे राज्य के कार्यक्षेत्र का विस्तार हो रहा है। आज राज्य बच्चों के लालन-पालन और शिक्षा-दीक्षा का भार ले रहा है। रूस छोड़िए, इंग्लैंड ऐसे दकियानूस देश में भी बच्चों के लिए व्यवस्था है। यों राज्य माताओं के बोझ को क्रमशः हलका कर रहा है। अब कोई माता इसलिए नहीं झींख सकती कि जब मैं गर्भवती होऊँगी तो कौन मेरा भरण-पोषण करेगा और बच्चा होने पर कौन मेरे बच्चे का लालन-पालन करेगा, पढ़ाएगा-लिखाएगा। सभी सभ्य देशों में राज्य की ओर से प्रसूति-गृह बने हैं, बच्चों के लिए शिशु-निवास स्थापित हैं। क्या इसका प्रभाव जाग्रत् नारी समाज पर नहीं पड़ेगा? और इस प्रभाव का प्रभाव विवाह पर नहीं होगा? जीविकोपार्जन के लिए सभी क्षेत्र खुले ही हैं। संतानोत्पत्ति के लिए प्रसूति-गृह हैं ही, फिर किसी एक की दासता क्यों मंजूर की जाए?

जो भावना रक्त की शुद्धता में अपनी प्रतिकृति छोड़ जाने की है, वह धीरे-धीरे दूर हो रही है। अब लोग संतान के रूप में अपनी प्रतिकृति छोड़ जाने की अपेक्षा अपनी कीर्तियों के रूप में अपनी स्मृति छोड़ जाना अधिक पसंद करने लगे हैं। रह गई वर्ण-संकरता से बचने की बात, सो, वर्णसंकर की क्या परिभाषा की जा सकती है, यह भी विचारने की बात है। यदि वर्ण-संकरता का अर्थ है, विवाह संबंध के अतिरिक्त सहगमन से संतान उत्पन्न करना, जैसा कि लोग आजकल इसकी परिभाषा समझते हैं, तब तो हमारे देश में कितने महापुरुष वर्ण-संकर समझे जाएँगे। जिस महापुरुष के नाम पर इस देश का नामकरण हुआ है, वे भरत भी तब वर्ण संकर ही ठहरेंगे। महाभारत या किसी भी पुराण को पढ़िए, ऐसे महापुरुषों की चर्चा करसत से मिला करेगी। रक्त-शुद्धता का एक ही संभव अर्थ हो सकता है, वह यह कि गर्भधारण में केवल एक ही स्त्री और एक ही पुरुष के रज-वीर्य का संयोग हो, उसमें किसी तरह का मिश्रण न हो। इस अर्थ के अनुसार विवाह बंधन की कोई खास आवश्यकता नहीं समझी जा सकती। एक स्त्री और एक पुरुष मैत्री भाव से रहकर भी शुद्ध रक्त की संतान उत्पन्न करने का दावा कर सकते हैं।

मैत्री भाव ही विवाह का स्थान लेगा, लक्षणों से यही स्पष्ट प्रकट होता है। भिन्न-भिन्न क्षेत्रों में कार्य करनेवाले, अपनी जीविका भिन्न-भिन्न उद्योगों से अर्जित करनेवाले, आर्थिक दृष्टि से एक-दूसरे से बिल्कुल स्वतंत्र जीवन बितानेवाले युवक एवं युवतियाँ पारस्परिक रजामंदी से मैत्रीभाव की स्थापना करेंगे तथा संतान उत्पन्न करेंगे। इस मैत्री भाव के लिए न किसी व्यवस्था की आवश्यकता होगी, न किसी धार्मिक स्वीकृति की, जैसा कि आज इस भाव में होता है। इस प्रकार के मैत्री भाव को लोग आजन्म निबाहने की कोशिश करेंगे, आज भी करते हैं, किंतु इसमें इस्पातपन नहीं होगा। यह संबंध जितना दृढ़, उतना ही लचीला समझा जाएगा। वे जब चाहें पारस्परिक स्वीकृति से इस संबंध को तोड़ सकेंगे। न इसके लिए कचहरी में जाने की जरूरत होगी, न धर्माध्यक्ष के निकट। जिस प्रकार कुछ दिनों की घनिष्ठता के बाद एक-दूसरे के स्वभाव से अधिक परिचित होने पर या किसी आकस्मिक घटनावश हम किसी मित्र को छोड़ देते हैं, उसी प्रकार युवक-युवतियाँ भी इस मैत्री भाव को

तोड़ेंगे और समाज इसको गर्हित तथा निंद्य नहीं समझेगा, यद्यपि वह आजन्म निभानेवाले मैत्री भाव की खुलेआम प्रशंसा करेगा।

हाँ, उस अवस्था में 'तुम किसकी संतान हो' इसका जवाब किस रूप में दिया जाएगा, यह सोचना भी कम मनोरंजक नहीं है। संतानोत्पत्ति की सभी पीड़ाएँ स्त्रियाँ ही बरदाश्त करती हैं, उनके लालन-पालन का सभी कार्य स्त्रियों के ही द्वारा संपन्न होता है, तो भी आज 'तुम किसके लड़के हो' के जवाब में बाप का ही नाम लिया जाता है, यह पुरुषों के एकाधिकार का ही सूचक है, इसमें न्याय तो है ही नहीं। उस समय लड़के-लड़कियाँ इस प्रश्न के उत्तर में अपनी माँ का ही नाम लेंगे। न्यायत: यह बात आज भी ठीक है, किंतु उस समय तो यही ठीक होगा। उस समय संतानोत्पत्ति में स्त्रियाँ प्रधानपात्र समझी जाएँगी और कभी-कभी ऐसा भी होगा कि उनके तीन बच्चे उनके तीन पुरुष-मित्रों के सहगमन के फलस्वरूप होंगे। फलत: इस विभिन्नता में भी एकतासूचक माता का ही नाम लेना सब प्रकार से उपयुक्त समझा जाएगा।

ये बातें कड़वी लग सकती हैं, किंतु जो वैज्ञानिक दृष्टि से सामाजिक प्रगतियों पर दृष्टिपात करेंगे, उन्हें शंकर की तरह हलाहल को पीना ही पड़ेगा, तभी सत्य की प्रतिष्ठा होगी। जिन्होंने कहा कि 'न ब्रूयात् सत्यम प्रियम्' अप्रिय सत्य मत बोलो, उन्होंने हमें कायरता सिखलाई, ढोंग सिखलाया। हमारा आदर्श होना चाहिए, 'सत्ये नास्ति भयं क्वचित्।'

लेख का कलेवर ज्यादा न बढ़ाकर हम इसे यहाँ समाप्त करते हैं। चाहे जिस पहलू से देखिए, यह विवाह-बंधन जाएगा ही। हमारे कुछ 'आइडियलिस्ट्' दोस्त भले ही खीझें, प्राचीन सभ्यता की या गालियों की अष्ठोत्तरी माला दिन-रात भले ही जपा करें, किंतु उनमें या किसी में ऐसी शक्ति नहीं कि सामाजिक शक्तियों की गतिविधि ज्यादा दिनों तक अवरुद्ध कर सके। संभव है कि एड़ी-चोटी का पसीना एक कर कुछ दिनों के लिए कोई बाँध खड़ा कर सके, किंतु इस प्रकार के बाँध उन शक्तियों को और भी दृढ करने और एक ही धक्के में संसार-प्लावित करने में मददगार होते आए हैं।

□

सतीत्व का भारतीय आदर्श

नारी पुरुष–समस्या पर मैंने जो लेख लिखे, देखता हूँ, उनकी ओर लोगों का ध्यान गया है और इस विषय में कुछ मित्रों ने पत्र लिखकर, कुछ मित्रों ने जबानी और कुछ ने पत्र–पत्रिकाओं में अपने विचार तथा विरोध प्रकट किए हैं। किसी सज्जन ने तो मुझे कर्मनाशा में डूब मरने की सलाह दी है! मैं उन गाली–गलौजों में नहीं पड़ना चाहता, हाँ, गालियाँ सुनने में थोड़ा मजा जरूर अनुभव करता हूँ, क्योंकि गाली के मनोविज्ञान को मैं अच्छी तरह समझता हूँ, किंतु एक बात है जिसकी ओर ध्यान देना मैं आवश्यक समझता हूँ और यह बात प्राय: सभी विरोधी मित्रों ने प्रकट की है कि मैं स्त्रियों के जिस भविष्य का चित्रण करता हूँ, वह भारतीय आदर्श के सर्वथा प्रतिकूल है। यदि ऐसा होता, तो मैं भी ऐसा चित्रण करने में नहीं हिचकता, क्योंकि मैं जानता हूँ कि कई ऐसी बातें हैं, जो सर्वथा नवीन हैं, जिनकी कल्पना भी हमारे पूर्वजों ने नहीं की थी, किंतु आज हम उनकी चर्चा करते हैं, उनके क्रियात्मक रूप का व्यवहार करते हैं। इधर मेरे पास ऐसे प्रमाण मिल गए हैं, जिनके आधार पर मैं कुछ बल के साथ कह सकता हूँ कि मेरे मित्रों की बातें बेबुनियाद हैं। उनसे गलती यह हो जाती है कि वे आजकल के हमारे निर्जीव, स्पंदनहीन, गतिरहित समाज को ही भारतीय समाज का शाश्वत रूप समझते हैं और उसी की भित्ति पर अपने आदर्शों की दीवार खड़ी कर उस पर से चिल्ला उठते हैं कि यही भारतीय सभ्यता है, यही भारतीय संस्कृति है; इसके परे जो कुछ है, वह मिथ्या है, अपवित्र है, जघन्य है, नारकीय है।

जैसा कि मैंने अपने एक लेख में लिखा है, यह दुर्भाग्य की बात है कि हम राष्ट्रीय मसलों में ही इस तरह व्यस्त हैं कि धार्मिक, सामाजिक आदि प्रश्नों पर

सोचने-समझने का हमें मौका ही नहीं मिलता। केवल यही बात नहीं है कि हम इनके भविष्य की कल्पना नहीं कर पाते, बल्कि दुःख की बात तो यह है कि इनके रूप, भूतकाल में हमारे देश में कैसे बदलते रहे हैं, इस पर भी यथोचित अन्वेषण हम नहीं कर पाए हैं। प्राचीन भारतीय राज्य शासन पर श्रीयुत काशीप्रसाद जायसवाल आदि सज्जनों ने जैसे परिश्रम करके उसका एक अच्छा खाका हमारे सामने रखा है, उसी प्रकार भूमि-संबंधी-व्यवस्था, विवाह-संबंधी-व्यवस्था, ईश्वर-संबंधी कल्पना आदि पर भी अपने प्राचीन ग्रंथों को खोज-ढूँढ़कर सामाजिक पुस्तकें हमें तैयार करनी होंगी। ऐसा करके हम केवल अपने ही देश की व्यवस्थाओं या कल्पनाओं के क्रम-विकास से अवगत नहीं होंगे, वरन् हम संसार की इन विषयों संबंधी कितनी ही गुत्थियों को भी सुलझा सकेंगे। अब तो संसार भर के विद्वानों ने भी स्वीकार किया है कि भारत की सभ्यता संसार की प्राचीनतम सभ्यताओं में है—नील, दजला और पीत नदी की सभ्यताओं के जोड़ की ही सभ्यता सिंधु-गंगा की भी थी। मोहनजोदड़ो की खुदाई ने उसपर और मुहर लगा दी है, किंतु जहाँ अन्य देशों में प्राचीन सभ्यताओं का लिखित वर्णन प्रायः बहुत ही कम मिलता है, वहाँ हमारे लिए यह सौभाग्य की बात है कि वेदों, ब्राह्मणों, सूत्रों, स्मृतियों, पुराणों और काव्यों में हमारी उस सभ्यता के प्राचीनतम रूप का बहुत-कुछ निर्देश पाया जाता है। अतः इनका अध्ययन और मनन अंतरराष्ट्रीय दृष्टि से भी बहुत महत्त्व का सिद्ध होगा। एक उदाहरण लीजिए, समाजवादी कहते हैं कि भूमि पर सबका सम्मिलित अधिकार होना चाहिए, इस पर व्यक्तिगत अधिकार जब से शुरू हुआ, तभी से सामाजिक कुप्रथाओं का श्रीगणेश हुआ। इसका एक अत्यंत आर्ष प्रमाण अभी उस दिन एक पुस्तक में देखा।

यैमिनी ने अपने मीमांसा दर्शन में इस पर विचार व्यक्त किया है। सवाल उठाया गया है कि राजा किसी को दान में जमीन दे सकता है कि नहीं। यैमिनी ने व्यवस्था दी है, क्योंकि जमीन किसी की व्यक्तिगत चीज नहीं हो सकती, वह सबकी चीज है, 'सर्वम् प्रत्याविशिष्टत्वात्' (यैमिनी, 6-7-3) यों ही 'मीनिंग आफ सोशलिज्म' के लेखक ग्लैजियर ने अपनी पुस्तक में हमारे 'वसुधैव कुटुंबकम्' वाले सूत्र को उद्धृत कर यह दिखलाया है कि भारत में आज से दो हजार वर्ष पहले कम्युनिस्टों के वर्तमान आदर्श के संबंध में कल्पना की गई थी,

जबकि समूचा संसार एक कुटुंब के रूप में परिणत हो जाएगा। 'कम्यून' शब्द 'कुटुंब' शब्द के बहुत ही निकट है। यों ही, यदि हम जिज्ञासु-भाव और वैज्ञानिक दृष्टिबिंदु से अपने प्राचीन साहित्य को खोंजे-ढूँढ़ें, तो कितनी ही आश्चर्यचकित कर देनेवाली बातें मिलेंगी। स्त्री-पुरुष के संबंध पर भी इस प्रकार के अध्ययन से काफी प्रकाश पड़ सकता है, ऐसा प्रकाश कि पहले कुछ क्षण के लिए हमारी आँखें शायद चौंधिया जाएँ। हम मानते हैं कि आज भी इन ग्रंथों को 'घोखने' वालों की कमी नहीं है, किंतु उनमें वैज्ञानिक दृष्टि-बिंदु का अभाव है, फलतः वे उसकी तह तक नहीं पहुँच पाते, सभी पक्षपातों और पूर्ण अवधारणाओं को त्यागकर सामना करने को सदा तत्पर रहनेवाले ही उनसे वास्तविक तथ्य निकाल सकेंगे।

दुनिया विकासवाद के नियमों के अनुसार चल रही है। जिस प्रकार एक समय था, जब जीवों में नर और मादा का भेदभाव नहीं था, वे पंचतत्त्वों के संयोग से स्वयं बनते और नष्ट होते थे; उसी प्रकार जिस समय मानव नामक जीव का विकास हुआ, उस समय इस जीव में भी सतीत्व व एकपत्नीत्व नामक चीज की कल्पना नहीं थी। अन्य चतुष्पद पशुओं के समान ही वह दो पैरवाला पशु भी जहाँ जिससे पाता था, अपनी कामवासना तृप्त कर लेता था। इसमें किसी प्रकार के पाप और पुण्य नामक चीज की कल्पना भी नहीं हुई थी। यह बात पाश्चात्य विद्वान भी कहते हैं, किंतु जैसा आर्ष प्रमाण हम अपने ग्रंथों के आधार पर इस संबंध में दे सकते हैं, शायद उनके पास ऐसा नहीं मिले। महाभारत में महाराज पांडु अपनी पत्नी से कहते हैं—

"सुंदरी, सुनो? ऋषियों ने जिस प्राचीन धर्म का वर्णन किया है, वह मैं तुमसे कहता हूँ। पूर्व में सब स्त्रियाँ स्वाधीन थीं। वे चाहे, जिसके साथ रह सकती थीं। स्वजन उन्हें रोक न सकते थे। क्वाँरी रहने पर भी स्त्रियाँ रति करती थीं, पर उनका वह काम दोष न समझा जाता था। क्योंकि उस समय का सामाजिक नियम ही ऐसा था। पशु-पक्षी आदि इस समय भी उसी प्राचीन धर्म के अनुसार चलते हैं। ऋषि लोग इस धर्म को सिद्ध प्रमाण समझकर मानते हैं।" (आदि पर्व 123 अध्याय)

जो लोग अपनी प्राचीन सभ्यता की समय-असमय दुहाई देते हैं, उन्हें चाहिए

कि वे इन वाक्यों को देखें और सोचें। हमारे यहाँ भी पहले विवाह नाम की कोई चीज नहीं थी। स्त्री-पुरुष स्वच्छंद रूप से रति-क्रीड़ा करते थे। हमारे कितने ही आदर्श पुरुषों का जन्म इसी प्रकार हुआ है। हम नर-रत्न के रूप में उनकी गिनती करते हैं, केवल इसीलिए कि उनके माता-पिता विवाह-बंधन में नहीं फँसे थे, हम उनका तिरस्कार नहीं करते। व्यासदेव की ही बात लीजिए। इस महाकवि पर हमको कितना अभिमान है, किंतु इस कवि-रत्न का जन्म कैसे हुआ, हमने सोचा है? पराशर ऋषि एक दिन भूलते-भटकते चले आ रहे थे। सुंदर सुखद सवेरा था। यमुना की कछार में जब पहुँचे, तो एक दास-नंदिनी को देखा, अनुपम सौंदर्यवती। जितेंद्रिय ऋषि भी अपने मन पर काबू नहीं रख सके। वहीं उस कालिंदी कूल में ही प्रातःकालीन कुहासे की कृत्रिम ओट में, दोनों ने अपने 'मन-मनोरथ' को पूर्ण किया। उनके इस पुनीत सहवास से ही व्यासदेव ऐसे प्रतिभाशाली पुत्र का जन्म हुआ। कहिए, कहाँ था उस दिन विवाह? कहाँ थे वे लोग, जो आज ऐसे कर्म को भारतीय संस्कृति के विरुद्ध कहकर नाक-भौंह सिकोड़ते हैं। बात यों थी कि वह युग था, प्राकृतिक निर्देशों के अनुसार चलने का। वे लोग प्राकृतिक झुकावों का महत्त्व आजकल के सामाजिक बंधनों की अपेक्षा ज्यादा समझते थे, साथ ही वे इस रहस्य को जानते थे कि देखने की चीज जन्म नहीं, कर्म है। जो सुकर्म करता है, वह ऋषि चाहे जहाँ जन्मा हो, जैसे जन्मा हो। महाभारत के ही शांतिपर्व (297 अध्याय) में कहा गया है, "ऋषियों के लिए जन्म और जाति का बंधन नहीं है। उनका तपोबल ही उनकी आत्मा के उत्कर्ष का हेतु है।" फिर ऐसे ऋषियों की गिनती कराई गई है, जिनका जन्म इसी प्रकार से स्वच्छंद विहार के परिणत-स्वरूप हुआ था। इसमें वशिष्ठ, शृंग, कृप, द्रोण, मतंग आदि महापुरुषों के नाम भी सम्मिलित हैं।

स्वच्छंद विहारशील रहने पर भी स्त्री-पुरुष के जोड़े प्रायः पारस्परिक संबंध स्थापित करते थे, वे एकसाथ रहते, एकसाथ आमोद-प्रमोद करते थे, किंतु उनमें से कोई एक-दूसरे के विहार-विनोद में हस्तक्षेप नहीं करता था, यानी उस समय आजकल के सतीत्व की भावना का विकास नहीं हुआ था, किंतु धीरे-धीरे इस भावना का भी जन्म होने लगा और अंततोगत्वा इसका विधान भी किया गया। इसका विधान कैसे हुआ, इसकी भी एक मनोरंजक

कथा महाभारत के आदि पर्व में ही है।

एक ऋषि थे, नाम था उद्दालक। उनका श्वेतकेतु नामक एक पुत्र था। एक समय उद्दालक, उनकी पत्नी और श्वेतकेतु तीनों एक ही साथ बैठे थे। इतने ही में एक ब्राह्मण आया और श्वेतकेतु की माँ का हाथ पकड़कर कहा, "युवती, मेरे साथ चलो," और उसको लेकर चल दिया। इससे श्वेतकेतु को बड़ा क्रोध आया। श्वेतकेतु को कुपित देखकर उनके पिता उद्दालक ने कहा, "बेटा, क्रोध न करो। अत्यंत प्राचीन काल से यह धर्म चला आ रहा है। संसार के सभी वर्णों की स्त्रियाँ इस विषय में स्वाधीन हैं। सब मनुष्य अपने वर्ण की स्त्रियों के साथ गाय-बैल के समान आचरण करते हैं। जो जिससे चाहे, विहार कर सकता है।" उद्दालक ने इस प्रकार अपने पुत्र को समझाया, किंतु उसका क्रोध शांत नहीं हुआ। उसने स्त्री-पुरुष के लिए एक सामाजिक नियम बना दिया कि एक स्त्री ही एक पुरुष की होकर रहे। उसने कहा, "जो स्त्री अपने पति को छोड़कर अन्य पुरुष का संग करेगी, उसे भ्रूण हत्या जैसा घोर पाप लगेगा, जो पुरुष पतिव्रता धर्मपत्नी को छोड़कर अन्य स्त्री से रमण करेगा, उसे भी पाप लगेगा और जो पत्नी पुत्र उत्पन्न करने के लिए दी हुई स्वामी की आज्ञा का पालन नहीं करेगी, उसे भी पातक होगा।" (महाभारत, आदिपर्व, 122 अध्याय)

यही है इस सतीत्व धर्म के निर्माण का इतिहास। इस कथा में कई बातें हैं, जिन पर ध्यान देना चाहिए। पहली बात तो यह है कि पहले गाय-बैल की तरह स्वच्छंद विहार-प्रचलित था, दूसरा यह कि पति के सामने भी उसकी पत्नी दूसरे के साथ रतिक्रीड़ा के उद्देश्य से जाने में नहीं झिझकती थी और न इसके लिए पति को ही दुःख मालूम होता था। तीसरा, यह परस्पर संबंधी धर्म माना गया, ऐसा नहीं कि एक तो कोठे-कोठे की सैर किया करे और दूसरे के लिए घोर सतीत्व का उपदेश देता फिरे। चौथी बात यह है कि तब भी पत्नी को वह स्वाधीनता थी कि पति के आदेश से वह दूसरे पुरुष के साथ समागम कर सकती थी अर्थात् तब तक भी सती-धर्म में इस्पातपन नहीं आया था।

यदि आप महाभारत देखिए, तो आप ऐसे पुरुष-पुंगवों की सख्या प्रचुरता से पाएँगे, जिनका जन्म या तो स्वच्छंद विहार के फलस्वरूप है, या दूसरे पुरुष के सहगमन के फलस्वरूप। भीष्म, पांडु, अर्जुन, कर्ण, द्रोण आदि वीर शिरोमणियों

का जन्म इन्हीं प्रकारों से हुआ था। ऋषियों का नाम निर्देश तो पहले ही हो चुका है। आज भले ही हम प्राचीनता के नाम पर इस संबंध की कोई चर्चा होते देखकर गालियाँ पढ़ने लगें, किंतु पहले यह बात नहीं थी, हो भी नहीं सकती। सभी व्यवस्थाओं के लिए कार्य-करण का संबंध होना जरूरी है। बिना कारण के ही किसी व्यवस्था की कल्पना कैसे हो सकती है?

तो, फिर आजकल का यह अकाट्य सतीत्व है, उसकी उत्पत्ति कैसे हुई, महाभारत इसके लिए हमें एक कथा बतलाता है।

पूर्व समय में कतथ्य नाम के एक बुद्धिमान ऋषि थे। उनकी परम सुंदरी पत्नी का नाम ममता था। ममता गर्भवती थी, तो उसके देवर बृहस्पति ने उससे रति-याचना की। ममता ने मना किया कि गर्भावस्था में आपकी इच्छा की तृप्ति कैसे कर सकती हूँ, किंतु देवगुरु इतने मदोन्मत्त थे कि अपने को रोक नहीं सके। संभोग सुख लूटा गया। फलत: वह संतान अंधी होकर जन्मी। उस पुत्र का नाम रखा गया दीर्घतमा।

दीर्घतमा ने प्रद्वेषी नाम की एक सुंदरी ब्राह्मण कन्या का पाणिग्रहण किया। दीर्घतमा था तो अंधा, किंतु बड़ा कामी था। वह पशुओं के समान प्रकाश-मैथुन—खुलेआम रति-क्रीड़ा किया करता था। यह ऋषियों को बुरा लगता था। इधर उसके कई बेटे हुए, किंतु उनके भरण-पोषण की चिंता वह नहीं करता था। अत: प्रद्वेषी भी उससे क्रुद्ध रहती थी। एक दिन उसने उस अंधे से कहा कि या तो इन बच्चों के लिए उद्योग करो, नहीं तो मैं तुझे छोड़ दूँगी। इस पर दीर्घतमा ने इस तरह का सामाजिक नियम बना दिया कि आज से स्त्री मरते दम तक एक ही पति के अधीन रहेगी। पति के मरने या उसके जीतेजी स्त्री अन्य पुरुष को स्वीकार नहीं कर सकेगी। जो स्त्री इस मर्यादा का उल्लंघन करेगी, वह पतिता समझी जाएगी। पतिहीन स्त्रियाँ सब प्रकार के भोग उपस्थित रहने पर भी उन्हें भोग न सकेंगी, उन्हें ब्रह्मचर्य से रहना पड़ेगा। (महाभारत, आदिपर्व, 104 अध्याय)

देखा आपने, इस विचित्र सतीधर्म उत्पत्ति की कथा। मैं तो उसे पढ़कर खूब हँसा। मेरे ये मित्र, जो प्राचीनता की दुहाई देते फिरते हैं, देखें कि जिस सतीधर्म पर उन्हें गर्व है, जिसके महत्त्व और महिमा के गीत वे गाते नहीं अघाते, उसका आदि जनक कौन है, स्वयं तो प्रकाश—मैथुन का आचार्य महान् कामी और व्यवस्था

बनाता है कि स्त्रियाँ पतिहीन होने पर आजन्म ब्रह्मचारिणी रहें। वाह रे अंधे! सचमुच इस अंधे नियम का, न जिसमें तर्क है, न न्याय, जनक एक अंधा ही हो सकता है। शायद उन्हीं बातों पर विचार कर महान् तार्किक बुद्धिजीवी ऋषि चार्वाक ने कहा था कि स्वार्थी निर्बलक द्रूपै पाति ब्रस्य विनिर्मितम्। रूप वीर्यवता सार्द्धम स्त्री केलिमसहिष्णुभिः।

खैर, यहाँ चार्वाक के इस कथन की व्याख्या करना हमारा उद्देश्य नहीं है। इस कथा से मेरे इस कथन का समर्थन होता है कि स्त्रियों पर पुरुष वर्ग ने ही इस सती-धर्म को लादा, मानवी रचना के आदिकाल में स्त्रियाँ स्वतंत्र थीं, किंतु धीरे-धीरे उनकी स्वतंत्रता को बलवान पुरुष जाति ने नष्ट कर दिया। पहले स्त्रियाँ जिससे चाहें, विहार कर सकती थीं, बाद में उन पर यह नियम लादा गया कि बिना पति की आज्ञा के वे पर-पुरुष से संभोग नहीं कर सकतीं, किंतु पति की मृत्यु के बाद तो उन्हें पूरी स्वतंत्रता थी, पीछे वह आर्डिकोन्स जारी किया गया कि नहीं, स्त्रियों को केवल एक ही पति पर संतोष करना पड़ेगा, भले ही वह अंधा हो, कोढ़ी हो, यही नहीं उसकी मृत्यु के बाद भी उसी के नाम पर उसे आजनम ब्रह्मचारिणी रहना पड़ेगा।

साथ ही इन कथाओं से यह भी पता चलता है कि हमारे यहाँ भी स्त्री-पुरुष संबंध का रूप बदलता आया है। सतीत्व का आदर्श भी समय और परिस्थिति के अनुसार परिवर्तनशील है। संसार में कोई भी आदर्श निश्चित नहीं समझा जा सकता। ये बदलते रहे हैं, यह सिद्ध करता है कि आगे भी बदलेंगे। भारतीय समाज यदि जीवित रहा है, तो इसलिए कि परिस्थिति के अनुसार अपने को बदलते रहने की शक्ति इसमें थी। आज जो हमारा समाज जड़ हो गया है, निर्जीव सा मालूम पड़ता है, वह इसीलिए कि हमने अपने पूर्वजों के इस गुण का परित्याग कर दिया है। कट्टरता, पुराण-पंथ और इस्पातपन को ही हम दुनिया की सबसे बड़ी चीज समझते हैं। समय का संदेश, युग-धर्म की पुकार है कि हम इस अवगुण को छोड़ें। हम एक जीवित मानव समुदाय के रूप में रहना चाहते हैं। इसीलिए आवश्यक है कि हम अपनी खिड़कियों को खोल दें, खुली हवा की साँस लें, आधुनिकता के संगीत सुनें और उन्नति के पथ पर निर्द्वंद्व बढ़ते चलें।

□

कॉलेज की लड़कियाँ

कॉलेज की लड़की अच्छी पत्नी नहीं होती, पत्र-पत्रिकाओं में इस ढंग की चर्चा होते देखकर मुझे उतनी ही प्रसन्नता हुई, जितनी लज्जा मैकाले के इस कथन को पढ़कर होती है कि अंग्रेजी पढ़े-लिखे हिंदुस्तानी अच्छे क्लर्क हो सकेंगे।

आप कहिएगा कि यह कहीं की ईंट, कहीं का रोड़ा, भानुमती का कुनबा जोड़ा, तुम कहाँ से ले आए। कहाँ कॉलेज की लड़की, कहाँ पढ़ा-लिखा हिंदुस्तानी, कहाँ मैकाले, कहाँ आजकल की पत्र-पत्रिकाएँ।

किंतु माफ कीजिए, मेरी टेढ़ी समझ में ये दो कथन ऐसे हैं, जो एक-दूसरे की याद दिलाते हैं।

मैकाले था साम्राज्यवादी। वह भारत पर ब्रिटिश-साम्राज्यवाद की छाया अक्षयरूप में, अनंत काल तक के लिए देखना चाहता था। न जाने क्या देखकर, क्या समझकर, उसके मन में यह धारणा बैठ गई थी कि अंग्रेजी शिक्षा देने के बाद भी, हिंदुस्तानी सीधे-सादे क्लर्क ही बने रहेंगे, उनमें स्वाधीनता की लगन, राष्ट्रीयता की भावना कभी पैदा ही नहीं होगी। गर्चे उसका यह सपना टूट गया, यदि आज बेचारा जीवित होता, तो वर्तमान राष्ट्रीय आंदोलन देखकर, अपनी धारणाओं से बिल्कुल उलटा परिणाम पाकर, शायद आत्महत्या कर लेता! किंतु मुझे तो उसके कथन पर बार-बार लज्जा आती है कि न जाने क्यों, उसने हमें इतना नपुंसक, इतना गुलामी-पसंद, इतना विदेशी-परस्त, इतना पतित और नीच समझ लिया था।

यों ही आज कॉलेज में पढ़नेवाली लड़कियों के संबंध में जब यह प्रचार किया जाता है, निस्संदेह उन्हें लोगों की नजरों से गिराने की ही नीयत से, कि ये अच्छी पत्नियाँ नहीं हो सकतीं, तो मुझे आनंद इस बात का होता है कि ओहो,

हमारी पढ़ी-लिखी बहनों ने, इतने थोड़े दिनों में ही, अपने स्वतंत्र-व्यक्तित्व, अपनी आजाद तबीयत की ऐसी धाक जमा दी है कि हम पुरुषों को उनसे डर सा लगने लगा है, हम स्त्रियों पर के अपने एकाधिपत्य के साथ ही अपने पैर के नीचे की जमीन भी खिसकती हुई देखने लगे हैं। डाँट-फटकार का स्टेज समाप्त हुआ, अब हम यह आवश्यक समझने लगे हैं कि उन पर तोहमतें लगाई जाएँ, लांछन लादे जाएँ। पुरुषों की इस घबराहट, इस बौखलाहट में स्त्रियों की विजय, उनकी स्वतंत्रता का उदय, मैं देखता हूँ, इसी से मैं खुश होता हूँ।

मेरी खुशी का एक कारण और भी है। सुनते हैं कि बाघ किसी शिकार को पकड़कर एकबारगी ही नहीं निगल जाता, उसे पूरी तरह घायल कर छोड़ देता है और कुछ दूर हटकर बैठ जाता है तथा बैठे-बैठे, मस्ती में पूँछ डुलाता, उस मरणोन्मुख प्राणी के निकल भगाने की व्यर्थ चेष्टा एवं इस चेष्टा में ही, तिल-तिलकर, उसके दम का टूटना देखता और खुश होता है। यद्यपि व्याघ्रवृत्ति पानेवाला सौभाग्यशाली व्यक्ति होने का दावा करने की धृष्टता तो मैं नहीं करता, किंतु आज इस मरणोन्मुख समाज को, जीने की चेष्टा में तिल-तिल कर दम तोड़ते देख मुझे अजहद खुशी होती है। हमारी बहनें भी इस राक्षस की लाश पर अपने कोमल, किंतु दृढ चरणों की ठोकरें लगाने में पीछे नहीं हैं, यह देखकर मेरा हृदय गद्गद हो उठता है।

इस समाज राक्षस के अत्याचारों का सबसे पीड़ित शिकार हमारी बहनें ही रही हैं। किसी पर वर्ण-विभिन्नता के कारण, किसी पर जन्म-विभिन्नता के कारण, किसी पर देश या धर्म-विभिन्नता के कारण जब यह मानव-नामधारी जीव अत्याचार करता है, तब तक तो इस विभिन्नता को मद्देनजर रखते हुए यह बात किसी अंश तक समझ में आती है, किंतु जिनको लेकर वह इस पृथ्वी में ही स्वर्ग-सुख लूटता है, जिनके अधरों, कपोलों, वक्षस्थलों में वह सुधा, सुधाकर और सुधाहट आदि की कल्पना करता एवं सुधापान करते नहीं थकता, अरे, जिनकी कोख से वह पैदा होता और जिनके रक्तबिंदु से पलता है, देश, धर्म, जन्म, वर्ण सभी दृष्टियों से भी जो उसके समान ही हैं, उन्हीं पर इतना अत्याचार, इतना उत्पीड़न! यदि यह मानवता है, तो दानवता है किस चिड़िया का नाम?

आज तक पुरुषों ने स्त्रियों पर मनमाना अत्याचार किया और उनकी कुछेक

शारीरिक अयोग्यताओं से लाभ उठाकर उन्हें अपनी गुलामी में रखा। इस गुलामी का सुंदर-से-सुंदर नाम दिया गया, इन सुंदर नामों पर सुंदर-से-सुंदर व्याख्या हुई, कविताएँ की गईं, किंतु उनकी तह में छिपी रही एक ही भावना, "हे नारी, तू पुरुषों से हीन है; बल में, बुद्धि में, सभी चीजों में। तेरी रक्षा सदा होनी चाहिए, चाहे तू लड़की हो, युवती हो या वृद्धा हो और तुझे अपने रक्षक के प्रति पूरी वफादारी, भक्ति होनी चाहिए। तू उसे खिलाकर खा, उसके पैर दबाकर सो। हाँ, सोने से पहले उसकी पाशविक प्यास को भी दूर कर, अपने शरीर को कामुकता की भेंट कर दे। फिर जब तक वह सोता रहे, तू उठ जा। घर बुहार दे, आँगन झाड़ दे, बरतन मल, चौका लगा, चूल्हा जला दे और कुछ गर्म जलपान तैयार कर उसके निद्राभंग की प्रतीक्षा में बैठ। कोई मुजायका नहीं कि यह आदमी कुरूप हो, क्रोधी हो, बदचलन हो, शराबी हो, ओ पगली, यह अंधा हो या कोढ़ी, तुझे तो ऐसी बातें सोचनी तक नहीं चाहिए; तू चुपचाप उसकी सेवा किया कर और तेरे मरने पर, तेरे श्राद्ध के पहले ही, वह भले ही एक छोकरी को घर में बिठा ले या तेरे रहते भले ही झूठी पत्तल चाटता फिरे, तू उसी के मार्ग पर जिंदगी काटने कौ तैयार बैठ। तू त्याग की चरम सीमा दिखा, क्योंकि तू देवी है, देवी। हाँ, यह दूसरी बात है कि पशुओं के साथ 'तू भी ताड़न की अधिकारी' है, किंतु तुझे इन बातों का खयाल नहीं करना चाहिए, ओ स्त्री, विधाता ने इन्हीं पावन कर्तव्यों के पालन के लिए तेरा जन्म दिया है।" बस, इसी तरह के शत-शत वाक्य-समूह! आज तक स्त्रियाँ इन वाक्यों को देववाक्य मान, चुपचाप तदनुसार बरतती आईं। इन्हें मनमाने ढंग से नचाया गया, कभी ख्वाहिश हुई, तो प्रजा प्रेम के नाम पर, गर्भवती होने पर भी इन्हें अगम्य जंगल में, हिंस्र पशुओं की कृपा पर डलवा दिया गया। कभी मन में उमंग उठी तो इनसे किसी तरंगिणी के पुलिन पर, किसी शरद्-पूनों की चाँदनी-चर्चित रात में रासलीला रचा डाली गई, किंतु यह धाँधली, यह मनमानी घरजानी कब तक? इस युग ने, युग की पुकार ने हमारी बहनों की आँखे खोलें दी हैं, इन ढोंगों को वे पहचानने लगी हैं और लगी हैं पहचानने अपने आपको, अपने व्यक्तित्व को। "हम भी मनुष्य हैं, हमारे भी दिमाग हैं और हैं हृदय। ये दिमाग भी विचारों के सूक्ष्म तंतुओं के सुलझाने की क्षमता रखते हैं, ये हृदय भी बारीक अनुभूतियों के रंगीन क्रीड़ास्थल हैं। ये दिमाग

संसार को 'सत्य' का और ये हृदय जगत् को 'सुंदर' का संदेश देने की योग्यता रखते हैं, 'शिव' तो चारों ओर स्वयं ही लहराता फिरेगा। हम इन दिमागों, इन हृदयों का सदुपयोग क्यों न करें? एक मनुष्य में, एक छोटी चहारदीवारी में अपने सारे विचारों, विवेकों, भावनाओं और अनुभूतियों को हम क्यों केंद्रित, आबद्ध, अवरुद्ध किए रहें। इस स्वतंत्रता के युग में यह गुलामी कैसी? छिह!'' इस प्रकार के बार-बार चिंतन ने उन्हें आत्म-प्रकटीकरण के लिए बाध्य किया है। फिर क्या है, गुलाम-पोषकों के दिल में हाहाकार मचा है कि अरे, स्त्रियाँ तो बिगड़ीं!

कॉलेज की लड़की अच्छी पत्नी नहीं होती, लेकिन सबसे पहले आप यह तो बताइए कि पत्नी कहते किसे हैं? यदि पत्नी का अर्थ आप अपनी उदार परिभाषा के अनुसार यही करते हैं कि एक ऐसी महिला-अनुचरी, जो आपकी कामुकता की सहेली हो, आपके बच्चों की सुशिक्षिता दाई हो, खाना न पकाए, सही जलपान सजाकर तो जरूर सामने लाए, जलसों में आपके साथ जाए और पीछे बैठे, मित्र-मंडल को संगीत-लहरी में चुसकियाँ लगवा सके तो और उत्तम आदि-आदि तो निस्संदेह कॉलेज की लड़की आपकी अच्छी पत्नी नहीं हो सकती। इन सब कामों के पीछे, गुलामों के पीछे, जो एक गुलाम मनोवृत्ति काम कर रही है, उसे आधुनिक युग की युवती बरदाश्त नहीं कर सकती। आपके इस नाम के 'डोमिनियन स्टेटस' को वह स्वीकार नहीं कर सकती। जनाब यह 'कंपलीट इंडिपेंडेंस' का युग है।

आप पूछ सकते हैं, तो फिर ये कॉलेज की लड़कियाँ कैसी पत्नी बनना पसंद करेंगी? तो मैं इसका क्या जवाब दूँ? मैं भी तो पुरुष ही हूँ, कोशिश करके भी उनकी आंतरिक भावनाओं की ठीक-ठीक तसवीर कैसे खींच पाऊँगा? हाँ मनोविज्ञान और एक आधुनिक युग की पुकार दोनों को दृष्टि-बिंदु में रखते हुए सबसे पहले मैं यही कहूँगा कि वे पत्नी नहीं होंगी। वे पत्नी बनें और आप पति बनें, यह वे पसंद नहीं करेंगी; क्योंकि न वे अपने को खेत समझती हैं कि 'खेतिहर' की अनिवार्यता महसूस करें और न किसी 'सईस' की पुचकार या उसके कोड़े की ही फटकार वे बरदाश्त कर सकेंगी। वे होंगी आपकी संगिनी कामरेड और उनके कर्तव्य वही होंगे, जो आपके उनके प्रति। 'स्वाम्य' नहीं, साम्य, इस युग का संदेश है।

□

तीर देती जा रानी

अब इन महलों में मन नहीं लगता मेरी रानी। यह विलास का जीवन, यह हा-हा-ही-ही, यह धमाचौकड़ी, क्या जीवन का उद्देश्य ये ही क्षणिक सुख हैं, मनुष्य-जन्म की सार्थकता इन्हीं में है? ऊँहूँ, अब इनमें मन नहीं लगता।

देख तो, यह जवानी, जीवन का यह बसंत, कितनी उमंगों की कलियाँ निकल आई हैं इस फुलवारी में। कैसा रूप, छोटे, भले, सुंदर। कितने रंग, लाल-पीले, हरे-नीले। इन मुग्धा कलियों को यों ही झड़ जाने दें, सूखकर गिर जाने दें, धूल में मिल जाने दें, मिट जाने दें?

मिट जाने दें इन उमंगों को, इन अरमानों को, इन आकांक्षाओं को, इन उद्दाम इच्छाओं को।

क्या ये कलियाँ यों ही झड़ जाने की चीज हैं? क्या इनके विकसित होने; पुष्पित होने और फलवती होने में बाधा देना प्रकृति के शाश्वत नियमों पर अत्याचार करना नहीं है, ईश्वर की इच्छा को पैरों से रौंदना नहीं है; एक अक्षम्य अपराध नहीं है?

तो फिर क्यों न हम लोग मिलकर ऐसा प्रयत्न करें कि ये कलियाँ खिलकर, फूल होकर सूने संसार को अपनी भीनी-मादक सुंगध से भर दें?

चलो, मेरी रानी, इन महलों से चले चलो। चलो वहाँ, जहाँ प्रकृति के शृंगार को हम मानवों के कलुषित हाथों ने अपवित्र न किया हो, जहाँ मीठी हवा हमारे पाप-तापों से दूषित न हुई हो, जहाँ सूर्य की प्राणमयी सुनहरी किरणें हमें उठाएँ और चंद्रमा की स्निग्ध प्रभा थपकियाँ देकर सुलाए। जहाँ बुलबुल गाती हो, कोयल रोती हो; पत्ते नाचते हों, दूब ओस की माला पिरोती हो, जहाँ

शय्या हो, अंबर, अंबर। चलो वहीं चलें। उस शांत एकांत स्थान में चलकर साधना की धूनी रमाएँ, जो हमारी कमजोरियाँ जला देगी और देगी वह तेज, वह ज्योति, वह शक्ति जिसके द्वारा कलियों को हम खिला सकेंगे, फूलों को फला सकेंगे, सोते को जगा सकेंगे, मुर्दे को जिला सकेंगे। चलो मेरी हृदय-रानी, चलो वहीं, जहाँ प्रकृति के श्रृंगार को हम मानवों के हाथों ने कलंकित नहीं किया हो।

तू तीर देती जा रानी, फिर लक्ष्यबेध आसान है, बिल्कुल आसान! आज तक हम पुरुषों ने नारी की, शक्ति की अवहेलना की। अवहेलना की, मेरी रानी, पूरी अवहेलना की। हमने नारी को गले लगाया, मैं मानता हूँ; हमने नारी के लिए कितने विकट संग्राम छेड़े, मैं जानता हूँ; नारी के कुटिल कटाक्ष पर हमने अपना सर्वस्व अर्पण कर दिया, मेरे अनुभव की बात है; नारी-खिलाड़ी के हाथ में मनुष्य-बंदर हजारों नाच नाच रहा है, संसार देख रहा है, किंतु तो भी, रानी, हमने नारी की अवहेलना की है, मेरी यह सम्मति स्थिर हुई जाती है। हमारी, मेरी-तेरी, सम्मिलित साधना ने मुझे यही शिक्षा दी है।

हम नारी को गले लगाते हैं, किंतु उसके नारीत्व को नहीं; उसके गुदगुदे गान की पूजा करते हैं; उसके अंदर के उस चीज की नहीं, जो उसे 'शक्ति' नाम दिलाती है। नारी शक्ति की मूर्त मूर्च्छित है, किंतु हम शक्ति को पाकर उलटे दिन-दिन अशक्त क्यों होते जाते हैं? क्यों, क्योंकि हम नारी को गले लगाते हैं, नारीत्व को नहीं, उसके गुदगुदे गान की पूजा करते हैं, उसके अंदर की उस चीज की नहीं, जो उसे 'शक्ति' दिलाती है।

पुरुष, वासना का शिकार पुरुष, अपनी कमजोरी का दोष नारी जाति पर मढ़ता है, शक्ति की सगी बहन को सारी दुर्बलताओं की खान समझता है, कैसा खेद का विषय है, कैसी दुर्बुद्धि है।

दीपक प्रकाश देता है, पतंग को उसके प्रकाश से संतुष्टि नहीं, वह उस प्रकाश-पुंज से खिलवाड़ करने चलता है, स्वयं जल मरता है। अन्यायी संसार बिना कारण-कार्य पर विचार किए चिल्ला उठता है कि ओफ, दीपक ने निरपराध ही हत्या कर डाली।

आह! मेरी रानी, यदि पुरुषों को सुबुद्धि होती, यदि वे नारी का उपयोग

जानते, यदि वे भोग-भावना को भूल शक्ति-साधना पर ध्यान देते?

तीर देती जा मेरी रानी, फिर लक्ष्यबेध आसान है, बिल्कुल आसान है। कौन ऐसा लक्ष्य है, जिसे न बेध सके यह। मत्स्य-बेध तो बच्चे का खेल है। सप्त-ताल-बेध कोरी कलाबाजी है। मैं चाहूँ, तो तुम्हारे दिए हुए इन तीरों को अपने धनुष पर चढ़ाकर चौदहों भुवन को एक बार ही नाथ दूँ। चौदहों भुवन मेरे एक ही तीर में इस प्रकार बिंध जाएँ, जैसे अनंत चतुर्दशी की चौदहों गाँठें एक पतले रेशम में टँकी होती हैं।

देख, यह पहला तीर और यह चिंघड़ता सिंह ठंडा पड़ा। दूसरा तीर और वह हड़-हड़-हड़ कर पहाड़ का शिखर टूटा। तीसरा तीर, अहा! देख-देख, प्यारी उस बादल में, वहाँ वह दूर, बिजलियों से अठखेलियाँ कर रहा है।

तू मुसकरा पड़ी, वाह री तेरी मुसकराहट। प्यारी, मुझ गरीब की रानी, अपनी मुसकराहट की तीक्ष्णता मेरे इस तीर में भर दे और उसकी मादकता मेरे हृदय में।

फिर लक्ष्य-बेध क्यों न होगा?

□

सीता की माँ

प्रतीक्षा

कलाकार प्रतीक्षा में था।

प्रतिदिन की तरह वह अपने तकिए पर झुका था। सामने पान का डिब्बा, बगल में सिगरेट का टिन। होंठों पर जलती हुई सिगरेट के धुएँ की जंजीरें बनाता, वह उन्हें गौर से देख रहा था!

इन्हीं जंजीरों की सीढ़ियों से उसकी भारती आती रही है न? वह प्रतीक्षा कर रहा था।

पंखों की फटफट; कोमल स्वर-झंकार; मधुर रुनझुन। यही क्रम सूचना देता था उसकी भारती के आगमन की। जंजीरों पर जंजीरें बनती-बिगड़ती जाती हैं; कहीं कुछ आहट नहीं।

बात क्या है? क्या मेरी भारती मुझसे रूठ गई? या रास्ता भूल गई?

एक सिसकी! कातर-करुण!

यह क्या?

सिसकियों का तार।

अरे, आज यह कैसा तमाशा?

और, वह ऊपर एक धूमिल छाया!

छाया मूर्ति का आकार धारण कर रही-बिखरे बाल, कंकाल शरीर!

यह क्या? यह कौन?

फिर स्वर—

"तुमने भी नहीं पहचाना?"

कलाकार जागता हुआ सपना देख रहा था। बोलना चाहता था, किंतु कंठ नहीं खुल रहा।

"आह! तुमने भी नहीं पहचाना?"

अब हिचकियों पर हिचकियाँ! कलाकार ने देखा कि अविरल अश्रुधार बही चली आ रही है, जो शायद उसे भी भँसा ले जाए।

पूरा जोर लगाने पर भी वह इतना ही कह पाया, "देवि!"

"नहीं-नहीं, मुझे 'देवी-देवी' कहकर मत चिढ़ाओ! बताओ, तुमने मुझे पहचाना या नहीं!"

और कलाकार का मौन मानो उसे असह्य हो उठा।

"हाय रे मेरा भाग्य! तुमने भी नहीं पहचाना? तुमने भी? मुझे वाल्मीकि ने नहीं पहचाना, कालिदास ने नहीं पहचाना, भवभूति ने नहीं पहचाना, तुलसी ने नहीं पहचाना, बहुत से उपेक्षितों का उद्धार करनेवाले रवींद्र ने नहीं पहचाना और आजकल जो कवि है, क्या नाम है उसका, कोई गुप्त, उसने भी नहीं पहचाना, तो मैं उतनी अधीर नहीं हुई। ये मेरे कौन होते थे? ये मुझे कैसे जानते? क्यों जानते? किंतु तुम, तुम!"

अब तो वह फूट-फूटकर रो रही थी।

"तुम तो मेरे अपने कलाकार हो; मेरे घर-आँगन के कलाकार! मेरे अपने, अपने कलाकार और हाय, तुमने भी नहीं पहचाना! नहीं पहचाना!!"

"देवि!"

"फिर वही, अरे, तुम्हीं कहो, कभी तुमने सुना कि मिट्टी से बच्ची पैदा हुई हो और किसी से भी पूछो, कोई कहे कि जनक की कभी सीता नाम की कोई संतान हुई हो!"

"हाय रे मेरा भाग्य! बेटी मेरी और किसी ने कह दिया कि पृथ्वी की बेटी, किसी ने कह दिया कि जनक की बेटी! और मैं! जब तक जीवित थी, अपनी बेटी के पीछे छाया सी घूमती रही और मृत्यु के बाद भी मेरी आत्मा अशांत-व्याकुल चारों ओर चक्कर काट रही है!"

"मेरे कलाकार, मेरे अपने कलाकार; क्या मेरा उद्धार नहीं करोगे, ओ मेरे, मेरे कलाकार!"

कलाकार को लगा कि वह छाया-मूर्ति अब उससे लिपट जाएगी। विस्मय से, भय से वह अब अर्द्ध-मूर्च्छित था, कि वीणा की झंकार! मंजीरे की रुनझुन!

"कलाकार, कलाकार! अरे, यह क्या? उठो, उठो!"

"देवि!"

किंतु यह शब्द कहते हुए वह काँप गया, लगा, कहीं वह छाया-मूर्ति फिर न आ जाए! माँ-भारती मुसकराईं; फिर खिन्न स्वर में बोलीं, "वह बेचारी! हाँ कलाकारों ने उसके प्रति उपेक्षा की हद कर दी! उसकी यह दशा मुझे भी व्यथा देती रही है।"

"तो··· तो···"

"तो, लेखनी उठाओ, आज उसी का उद्धार हो! मुझे इसमें प्रसन्नता ही होगी, लेखनी उठाओ!"

लेखनी उठी और जो कुछ लिख गया, ये पंक्तियाँ हैं।

□

पहला दृश्य

[स्थान : सीतामढ़ी के निकट एक अटवी]

[परदे पर छाया-मूर्तियों में जंगल उजड़ा-उजड़ा : पेड़ों में पत्ते नहीं, तने भी सूखे : जंगल के प्रांतर में एक झोंपड़ी, उधड़ी-उजड़ी!

परदे के ऊपरी भाग में हिमालय की दृश्यावली की छाया।

परदे के पीछे बादल की गड़गड़ाहट, बिजली की चमक!

परदे की छाया-मूर्तियों में दीख पड़नेवाली झोंपड़ी से एक स्त्री की छाया-मूर्ति निकलती है : अस्थि-कंकालमात्र शरीर : फटे-चिटे वस्त्र-खंड : उन्मत्त सी चेष्टा में वह आकाश की ओर देखती है, फिर बोल उठती है।]

बादल! बादल! तू आज क्यों बरसा? क्यों बरसा? तुझे दुनिया को तब बसाने की सूझी, जब मेरी दुनिया उजड़ चुकी!

बादल, तू क्यों बरसा? आज ही क्यों बरसा? बारह बरसों से तू कहाँ सोया था? आज तू बरसने आया है, गरजने आया है! उफ्, मेरी दुनिया उजाड़कर ऊपर से धौंस जमाने आया है!

बता, तू क्यों बरसा? आज ही क्यों बरसा? आज ही क्यों बरसा? कल क्यों न बरसा? अरे, कुछ घड़ी पहले क्यों न बरसा? हाँ, कुछ ही घड़ी पहले तो मेरी दुनिया उजड़ी है! मेरी हँसती हुई दुनिया, मेरी बसती हुई दुनिया को उजाड़कर, अब तुझे बरसने की सूझी है, बरसने, गरजने, चमकने की!

गरजने की, चमकने की, बरसने की तब तुझे सूझी, जब मेरी बसती हुई, हँसती हुई दुनिया उजड़ चुकी!

उफ्, ये बारह वर्ष! इन बारह बरसों में तू कहाँ था, कहाँ छिपा था, कहाँ सोया था? पौधे सूख गए, पेड़ सूख गए। घास सूख गई, धरती सूख गई। तालाब सूखे, नाले सूखे; कुएँ सूखे, नदियाँ सूखीं। सारा संसार सूख गया। सूख गया; जल गया। जहाँ शीतल मंद समीर बहती, वहाँ लू और झंझा बहने लगी। शरीर सूख गए, कलेजे सूख गए! उफ्, उफ्! कलेजे सूख गए।

पानी, पानी, पानी! बारह बरसों से सारा संसार पानी-पानी चिल्ला रहा था और तू कहाँ सोया था? कहाँ सोया था ओ निर्दय, निर्मम, निष्ठुर!

हरी-भरी भूमि बंजर बन गई। बस्तियाँ उजड़कर श्मशान हो गईं। हाँ, श्मशान! जाके बरस, ओ निष्ठुर, उन हड्डियों पर, जो उजड़ी हुई बस्तियों के चारों ओर प्रचुरता से चमक रही हैं। उन्हें ही तृप्त कर। जिनकी जिह्वाएँ एक बूँद पानी के लिए तरसती-तरसती सूख गईं, उनके कंकालों पर तू अब मूसलधार पानी उड़ेलने दौड़ा है? निष्ठुर, निर्मम, निर्दय!

बादल, बादल, तू आज क्यों आया? कहाँ से आया? किसलिए आया?

सारे संसार को जलाकर अब तू अपना काला मुँह दिखाने आया है! हट, ओ कलमुँहे! भाग, ओ कलमुँहे! भाग-भाग!'

[फिर बादल की गरज : फिर बिजली की चमक]

ओहो, यह गरज, यह हँसी! पृथ्वी के प्राणियों की वेदनाएँ आकाश के देवता को क्या बहुत ही प्रिय हैं? तभी तो बारह साल तक लोगों को तड़पाकर अब तू पधारा है हम पर व्यंग करने, हमारी हँसी उड़ाने।

तो गरज ले, चमक ले, बरस ले! जी भरकर, मन भरकर, गरज ले, चमक ले, बरस ले।

आह, ये बारह वर्ष। उफ् ये बारह साल! ये बारह साल कैसे कटे; मैंने कैसे काटे?

जब गाँव में अन्न न मिला, न रहा; जब स्वजन, परिजन, पुरजन, कोई नहीं रह गए; तब जंगलों में भागी। पहले रूखे-सूखे फल, फिर पेड़ों की पत्तियाँ; छाल तक नहीं बच पाईं! कंदों के लिए कुँए खोदे; किंतु गरम धरती के नीचे जैसे वे भी पिघल गए हों। मिट्टी खोदने पर भी अंगारे मिलते थे।

उफ्, क्षुधा, क्षुधा! पिपासा, पिपासा!

ओ हिमालय, तू अपनी सारी हिमराशि को पानी बनाकर भेज कि यह पिपासा शांत हो। ओषधीश, तू कोई ऐसी ओषधि दे कि यह भूख सदा के लिए मर जाए।

लेकिन, आह, मानव की पुकार से पत्थर न पिघला, न पिघला!

कि अचानक एक दिन पत्थर पर कमल खिल उठा!

कमल, कमल! अहा, कमल! कमल!

तू भूखी है, तू प्यासी है! तो ले····तो ले····! देवता, देवता, तुम कौन थे देवता? तुम कहाँ से आए थे देवता? तू भूखी है, तू प्यासी है? तो ले····तो ले····!

ले····ले····!

ले····ले····!

ले····ले····!

उफ्, तुमने क्या नहीं दिया देवता? तुम कौन थे देवता? तुम कहाँ से आए थे देवता? तुमने क्या नहीं दिया देवता?

मरुभूमि गुलजार बन गई, सूखी टहनी में फूल खिल आए! अहा, यह बच्ची! यह बच्ची!

"देवता, यह हू-ब-हू आप के ही जैसी लगती है, देवता!"

"बच्ची! मेरे जैसी? क्या तुझे और भी कुछ चाहिए!"

"नहीं, देवता, इस बच्ची के पाने के बाद फिर क्या पाना रहा?"

"कुछ नहीं!"

"कुछ नहीं!"

"तो मैं चलूँ?"

"चलूँ? कहाँ?"

"हाँ, हाँ, मैं चला!"

"अरे, पत्थर का कमल फिर पत्थर हो गया!

"और, बादल, तू फिर भी नहीं बरसा! लू चलती रही, झंझा बहती रही। पृथ्वी जलती रही; आकाश तपता रहा! न फूल, न फल; न शस्य, न तृण।

संसार से सारे रंग नष्ट हो गए, रह गया सिर्फ एक रंग, नीलिमा! ऊपर नीला आकाश : नीचे सूखकर, जलकर नीली बनी पृथ्वी! सूरज उगता तो नीलिमा में डूबा हुआ; चंद्रमा तो पूरा नीला बन चुका था! नीली चाँदनी में अमृत कहाँ? अब उसमें जहर-ही-जहर था!

"और, मैं और मेरी बच्ची!

"मेरी बच्ची! देवता का वरदान! आह, इस वरदान का अब मैं क्या करूँ? मेरी सोने की बेटी के चाँद से चेहरे पर भी यह नीलिमा की परत जो पड़ती जा रही है! ओह! ओह!

"अरे मेरे हृदय से अचानक जो एक दिन क्षीर-स्रोत फूटा था, धीरे-धीरे वह भी सूखता जा रहा है!

"मेरे देवता, तुम कहाँ गए? देखो, देखो, जो कलिका तुम मुझे सौंप गए हो, वह किस तरह सूखती जा रही है! आह, मैं क्या करूँ? क्या करूँ?

"मेरी छाती का क्षीर-स्रोत सूख गया! बेटी, बेटी, अब तुम्हें क्या पिलाऊँ? कैसे जिलाऊँ? देवता, कुसमय में यह क्या वरदान दे गए देवता? आह, मेरी बच्ची रो रही है? मैं इसे क्या पिलाऊँ? आह, मेरी बच्ची, मैं इसे कैसे जिलाऊँ?

"अरे, क्या मेरी बच्ची भी मर जाएगी? मर जाएगी? नहीं, नहीं, मैं अपनी बच्ची को मरने नहीं दूँगी।

"तो क्या करूँ? क्या करूँ?

"क्षीर का स्रोत सूख गया; तो धमनियों में रक्त का प्रवाह तो दौड़ रहा है! हाँ जब तक एक बूँद भी रक्त है, मेरी बेटी मर नहीं सकती।

"मैं अपनी बच्ची को रखकर दौड़ पड़ी उस बबूल के पेड़ की ओर, जिसमें अब सिर्फ काँटे-ही-काँटे थे! एक लंबा काँटा लेकर अपनी नस में सुराख बनाऊँ? हाँ, हाँ छाती का क्षीर-स्रोत सूख गया, तो धमनियों में रक्त-प्रवाह तो दौड़ रहा है। अपनी बेटी को मैं मरने नहीं दूँगी, नहीं दूँगी।"

कि डुग-डुग, डुग-डुग; डुग-डुग!

"यह क्या सुन रही हूँ, यह कैसा शब्द है?

डुग-डुग, डुग-डुग, यह क्या होने जा रहा है?

"ढोंग! ढोंग! ढोंगी राजा! बारह बरस तक यह निश्चित राजमहल में

रँगरेलियाँ मनाता रहा और अब जब पृथ्वी सूखकर पत्थर बन गई है, तो सोने के हल से उसे जोतने चला है!

"हाँ, हाँ, बारह बरस के अवर्षण से बंजर बन गई भूमि को वह सोने के हल से जोतने का स्वाँग कर रहा था।

आगे-आगे दो विशाल उजले बैल; उनके कंधों पर सोने का जुआ; पीछे राजा, जिसके हाथ में सोने का परिहथ। अगल-बगल ऋषियों और ब्राह्मणों का दल मंत्र पढ़ रहा। पीछे प्रजा उमड़ी आ रही।

डुग-डुग, डुग-डुग। मंत्रों की ध्वनि-प्रतिध्वनि।

"हल बढ़ा आ रहा है, बढ़ा आ रहा है। इतने में देखती हूँ कि हल का रुख उस ओर हुआ, जहाँ मैं अपनी बेटी को रख आई थी। मेरी बेटी! दोने में लिपटी, घास-फूस से ढकी। हल बढ़ा आ रहा है, बढ़ा आ रहा है—

"अरे, कहीं बैल के पैर मेरी बेटी के शरीर पर पड़ गए तो?'

मैं दौड़ी

"रुको", यह कौन बोला और किसने मेरे पैर में जंजीर डाल दी तथा किसने मेरी आँखों को जैसे मूँद दिया?...उफ्, उफ्, बेटी, बेटी!

"आँखें खुलीं तो देखती हूँ; हल के बैल अलग भौचक्के खड़े हैं और मेरी बेटी राजा की गोद में है। वह रो रही है। राजा उसे चुमकार रहा है। उसकी घनी सफेद दाढ़ी से मेरी बेटी जैसे भयभीत हो रही है! मैंने सुना, वह कह रही है "म् आँ, म् आँ—म् आँ...

"म् आँ... ले...!" माँ दौड़ी, किंतु, फिर किसने यह कहा, "रुको, तुम्हारी झोंपड़ी इस बच्ची के योग्य नहीं, इसे राजरानी..."

"राजरानी! राजरानी? मेरी बेटी राजरानी! कंगालिन की बेटी राजरानी? अहा! अहा!"

और उसी समय सुना, वह राजा कह रहा है, "हम लोग अब राजधानी लौटें; पृथ्वी ने मुझे पुत्री दी है, तो आकाश हमें वर्षा भी देगा।"

क्या कहा, "पृथ्वी ने दी है? यह तुम्हारी पुत्री?"

"इच्छा हुई, दौड़कर उस राजा की लंबी दाढ़ी पकड़ूँ और कहूँ, भलेमानस, यह बेटी मेरी है, इसकी माँ मैं हूँ। ढोंगी, ढोंग मत रच, दे मेरी बेटी और वह न

दे तो छीनकर ले भागूँ।

"किंतु, आह! मेरे पैर न उठे। क्यों न उठे? किसने न उठने दिए?

"मेरे देवता, मेरे देवता! यह क्या कर गए तुम?

और देखा, मेरी बच्ची भी अब चुप हो गई और राजा की सफेद दाढ़ी में हाथ डालकर खिलवाड़ कर रही है तथा राजा का मुखमंडल? ओह, अब उससे कैसी दिव्य-ज्योति फूट रही थी!

"बादल, बादल! अभी-अभी जब मेरी बेटी उस ओर गई, तो अब बरसने आया है!

"अरे, तू अब तक क्यों नहीं बरसा? कुछ दिन पहले क्यों नहीं बरसा; कुछ घड़ी पहले क्यों नहीं बरसा? एक घड़ी पहले भी तू बरसा होता, तो मुझे अपनी बेटी से यों हाथ नहीं धोना पड़ता।"

"आह; ओह!"

"बेटी! बेटी! बेटी!"

"देवता! देवता! देवता!"

"बादल, बादल, बता, मेरे देवता कहाँ हैं? मेरे देवता! और मेरी बेटी कहाँ गई?"

बादल! बादल!

"तू अब बोलता क्यों नहीं? माँ से बेटी छीनकर तू अब चुप्पी लगा रहा है। मेरी बेटी! मेरी सोने की बेटी! राजा, कैसे तुमने कहा कि यह पृथ्वी की बेटी है। मिट्टी की बेटी ऐसी होती है? मेरी सोने की बेटी! सोने की बेटी! बेटी! बेटी!"

[मूर्च्छित होकर गिरती दिखाई पड़ती है।]

□

दूसरा दृश्य

[स्थान : जनकपुर की पुष्पवाटिका।]

[परदे पर छाया-मूर्तियों में वाटिका के दृश्य : दूर पर एक मंदिर, एक तालाब। एक अधवयस स्त्री की छाया-मूर्ति धीरे-धीरे दिखाई पड़ती है; वह बोलती है—]

''ओहो, मेरी बेटी! कितनी जवान हो गई है मेरी बेटी! कितनी जवान, कितनी सुंदर!

''अभी-अभी वह आई थी; अभी-अभी वह गई है!

''आई थी वासंती उषा की तरह, शीतलता लिये, सुगंध लिये, सौंदर्य लिये। पत्तों ने मर्मरकर उसका स्वागत किया; फूलों ने झूम-झूमकर अभिवादन किया। पराग उड़े, तितलियाँ नाचीं। भौरों ने भाँवरे दिए, कोकिलों ने गीत गाया। सारी पुष्पवाटिका रंगीन बन गई थी, मुखर हो उठी थी, महमह बन गई थी, एक पल में ही!

''ओहो, मेरी बेटी, कितनी सुंदर, कितनी जवान! उसकी जवानी, उसकी सुंदरता, सारी प्रकृति पर कुछ देर तक छा गई थी जैसे!

''फूलों के रंग निखर उठे। वृक्षों की डालियाँ झुक गईं। लताएँ काँपने लगीं। हवा बोझिल बन गई। सूरज की किरणों में एक बार सुनहलापन आ गया। एक अनहद संगीत सारी पुष्पवाटिका में गूँज उठा। अहा, मेरी बेटी क्या आई, सारे उपवन में सौंदर्य और यौवन छा गए।

''वह आई, सखियों से घिरी, जैसे तारों के बीच चंद्रमा! नहीं, नहीं अनेक

चंद्रमाओं के बीच कोई महाचंद्र, जो अभी तक कभी देखा नहीं गया; अभी तक जिसका नामकरण नहीं हुआ, निष्कलंक, अघट, स्वयंप्रदीप्त!

''वह आई और इस सरोवर में नहाई! सरोवर—देखो, देखो, अब भी उसकी तरंगें मेरी बेटी के अंगराग से उच्छ्‌वसित हैं, सुवासित हैं, सुरंजित हैं! मेरी बेटी! डुबकियाँ लगाकर जब वह बाहर निकली, कुंचित-कुंतल से घिरा हुआ उसका मुखमंडल ऐसा लगा कि क्षीर-समुद्र से अभी-अभी चंद्रमा निकला है, अंधकार के महाजाल को फाड़ता हुआ!

''स्नान किया; उस मंदिर में गई! वह गिरिजा का मंदिर! अब भी मेरी बेटी की प्रार्थना उसमें गूँज रही है! क्या तुम सुन नहीं रहे!

''लेकिन इस उम्र में यह प्रार्थना! जनक, जनक! तुम नाम के ही ज्ञानी हो जनक! तुम स्त्रियों का हृदय नहीं पहचानते, कुमारियों की कामनाएँ नहीं जानते। यदि जानते-पहचानते होते, तो मेरी बेटी का भाग्य किसी तीर-कमान से नहीं बँधे होते जनक! आह, आज तुम इस गिरिजा-मंदिर में मेरी बेटी की आँखों में झड़ते हुए आँसुओं को देखे होते! कुमारी की करुण-याचना! मैं देख रही थी, पत्थर की गिरिजा भी पानी-पानी हुई जा रही थी!

''और जब वह मंदिर से बाहर आई, तब तक सारी दृश्यावली बदल गई थी, मानो गिरिजा ने मेरी बेटी की प्रार्थना स्वीकार कर ली हो।

''किस कोने से कब घुस आया था वह राजकुमार? हाथ में फूलों का दोना, राजकुमार, ये फूल किस देवता के लिए संचय किए हैं तुमने? अरे, तुम्हारे हाथों में ये फूल किसने खिलाए और ये कौन से फूल खिलाएँगे? बोलो, राजकुमार, बोलो!

''ये पेड़, ये पौधे, ये पंछी, ये भौंरे, सब तुमसे यही पूछ रहे हैं राजकुमार! सब सकते में हैं, सबकी आँखें तुम्हारी ओर! बोलो, राजकुमार, बोलो!

''और, अब मेरी बेटी की आँखें भी तो कुछ ऐसा ही प्रश्न कर रही हैं?

''ओहो! उधर राजकुमार खड़ा है, इधर मेरी बेटी खड़ी है।

''यह कहाँ से पुरानी बात याद आ गई?

''मालूम हुआ, जहाँ वह राजकुमार खड़ा है, वहाँ मेरे देवता खड़े हैं और अपनी बेटी की जगह मैं खड़ी हूँ।

"हाँ, हाँ, मैंने भी इसी तरह देखा था उन्हें!

"राजकुमार, कहीं तुम भी कोई देवता तो नहीं हो? मेरी बेटी, यह देवकन्या है राजकुमार, देवकन्या!

"इसे राजकुमार मत समझो! देवकन्या तो किसी देवकुमार को ही मिल सकती है। नहीं, देवकन्या की दृष्टि देवकुमार पर ही स्थिर हो सकती है। उसकी दृष्टि सबके लिए सह्य भी तो नहीं!

"मैंने राजकुमार की आँखों को देखा; फिर मैंने अपनी बेटी की आँखें देखीं। वे ही पुरानी बातें, मानो घटना दुहर रही हो।

"इसी समय मेरा मातृत्व बोल उठा—

"पगली, तू आँखें बंद कर ले; ऐसे अवसरों पर माताएँ...हाँ, हाँ, ऐसे अवसरों पर माताएँ आँखें मूँद लेती हैं।'

"मेरी आँखें मुंदी थीं; लेकिन कल्पना की आँखें...

"वहाँ धनुष टूट रहा था; जयमाल पड़ रही थी—मंडप, भाँवरे, सिंदूर-दान। आह, मैं कल्पना के लोक में अपनी बेटी का ब्याह रचा रही थी, कि सुना—

"राजकुमारी, देर हो रही है; माँ चिंता में होंगी!"

"यह कौन बोली? क्या बोली, माँ चिंता में होंगी? माँ तो यहाँ खड़ी है, चिंता में कौन होगी? क्यों होगी? अरे कौन ऐसी माँ है, जो बेटी को इस दशा में देखकर चिंता में पड़ जाए? गाज गिरे इस चिंता पर, गाज गिरे ऐसी माँ पर। बेटी, तू देखाकर-देखाकर।... तू देखाकर, वह देखा करे, देखा करे, अनंत काल तक। तुम्हारी माँ को चिंता होगी? वह तो यहाँ पुलकित, प्रफुल्लित हो रही है, मेरी बेटी।

"किंतु, यह रुनझुन, रुनझुन! क्या मेरी बेटी जा रही है? हाँ, वह जा रही थी। जा रही थी, और रुक रही थी।" रुक रही थी और कह रही थी, 'अहा, यह मृगछौना!' 'और सखी यह श्यामा है न?' 'ओहो, यह मल्लिका तो सरापा फूल उठी है।' 'और इस आम में कितनी मंजरी आ गई!' हाँ, हाँ, वह जा रही थी, वह रुक रही थी। क्यों रुक रही थी? क्या करे मेरी बेटी, कोई अलक्षित शक्ति, जो उसके पैर बार-बार पकड़ लेती थी। 'अहा हा, मेरी बेटी! रुक बेटी,

रुक बेटी, रुक। प्रारंभ में ऐसा ही होता है, मेरी बेटी? ऐसा ही…'

"देर हो रही है, माँ नाराज हो रही होंगी।"

"उफ्, अब तो मेरे धैर्य की सीमा टूट गई! इच्छा हुई, बढ़ूँ और उसकी उस कलमुँही सखी से कहूँ, पगली, वह माँ नहीं, कोई चुड़ैल होगी, चुड़ैल; जो मेरी बेटी के पीछे पड़ी है! जो मेरी बेटी को उसके प्राणधन से…हाँ! हाँ, चुड़ैल, चुड़ैल, वह चुड़ैल होगी, चुड़ैल! उसकी माँ तो मैं हूँ, मैं हूँ! देख, माँ ऐसी हुआ करती हैं! ऐसी…

"ऐसी!! तुरंत अपने पर ध्यान आया! "क्या अब इस बच्ची की माँ कहलाने योग्य मैं रह गई हूँ? आह, अब तो मेरी बेटी राजकुमारी बन चुकी है; मुझ कंगालिन…!

"नहीं, नहीं, अब मैं यह बताकर कि मैं उसकी माँ हूँ, उसे लज्जित नहीं होने दूँगी! हाँ, अब राजा उसका पिता है, राजमहिषी उसकी माँ है! और यह राजकुमार भी तो मुझे अपनी सास के रूप में ग्रहण करने में लज्जा बोध करेगा!

"जा, बेटी जा। तू इस राजकुमार को प्राप्त कर, यह तुझे प्राप्त करे! राजा आनंद मनाए, राजमहिषी मंगल-गीत गाए। मेरे भाग्य में सिर्फ यह सुख बदा है कि छाया सी तेरे पीछे-पीछे घूमती रहूँ।

"अहा, अभी-अभी मेरी बेटी गई है, शारदीय संध्या की तरह, कलरव में डूबी, सारी चीजों पर एक रंगीन परदा डालती! वह चली गई है, लेकिन अब भी सरोवर की तरंगों पर, मंदिर के गुंबदों पर, पेड़ों की फुनगियों पर, फूलों पर, पत्तियों पर एक स्वर्णिम आभा छा रही है—जगमग, झलमल!"

□

तीसरा दृश्य

[स्थान : चित्रकूट का पहाड़ी अंचल।]

[छाया-मूर्तियों में पहाड़ी प्रदेश के दृश्य। दूर एक नदी दिखाई देती है, सामने एक झोंपड़ी! एक अधेड़ स्त्री की छाया-मूर्ति दिखाई पड़ती है, वह कहती है—]

''उफ्, कहाँ मेरी बेटी को राजरानी बनना था, कहाँ वह जंगल में मारी-मारी फिर रही है!

''मेरी बेटी, कहाँ वह राजा जनक की बेटी कहलाई; कहाँ वह सम्राट दशरथ की पतोहू बनी; उसके स्वर्ण-सिंहासन पर बैठने का दिन भी तय हो चुका था कि यह क्या हुआ? मेरी बेटी आज वन मारी-मारी फिर रही है!

''कैकेई, तुम्हें यह क्या सूझी! राम को जंगल, क्या तुम्हारे ध्यान में यह बात नहीं आई कि राम जंगल में निर्वाह भी कर लें, लेकिन सीता का क्या होगा? वह उनके साथ जाएगी ही और मेरी सीता क्या जंगल के लिए बनाई गई है?'

''कैकेई-कैकेई! मालूम होता है, राजा से इस वरदान को माँगते समय तुम्हें सीता की सुध ही नहीं रही! सीता जंगल में और चौदह वर्षों तक? अभी छह महीने भी नहीं बीते तथा देख जाओ, मेरी बेटी की दशा!

''और, राम, राम! पिता के वचन को स्वीकार करते समय तुम्हारे ध्यान में भी सीता नहीं थी, राम! सीता को भी चौदह वर्षों तक जंगल में रहना है, तुम यह सोच पाते, तो पिता का वचन स्वीकार करने के पहले उनके चरणों में गिरकर तुम एक बार क्षमा माँगे होते, राम! 'आपकी आज्ञा मेरे सिर-आँखों पर, पिताजी।'—

जब तुम यह बोले, तो तुम्हारी आँखों के सामने मेरी बेटी नहीं थी! शायद तुम सोच भी नहीं सकते थे कि कोई पत्नी भी इतने संकट में शरीक होने का साहस कर सकेगी! तुमने सीता को साधारण मानव-कन्याओं की तरह मान रखा था, राम।

"आह, तुम जान पाते, सीता किसकी बेटी है!

'क्या अब भी कभी सोचते हो राम, यह सीता कौन है? अधिक-से-अधिक पृथ्वी की बेटी ही तुमने माना होगा। इसे पृथ्वी की बेटी, सहनशीलता की मूर्ति, आँधी-पानी, जाड़ा-गरमी में एक भाव से रहने वाली! और तुम्हारी यह भावना आज भी बनी है; तभी तो उससे सारे काम लेते हुए तुम्हें संकोच नहीं होता।

"नहीं राम, नहीं! यह जनक की बेटी नहीं, पृथ्वी की बेटी नहीं! यह उस देवता की बेटी है, जिसकी एक झलक जब-तब तुममें देखकर मैं निहाल हो उठा करती हूँ!

"मेरी सीता, देव-कन्या!"

इस संकट में भी वह किस तरह खिलती जा रही है! चंदन घिस रहा है, सुगंध फैल रही है! जंगल की यातनाएँ उसके शरीर को सुखा रही हैं; किंतु उसकी आत्मा और भी विकसित होती जा रही है। पागल दुनिया कपोल पर हमेशा कमल ही खोजती है—यदि वह जान पाती, रंग और गंध की मोहकता उसकी क्षणभंगुरता में है। जो शाश्वत है, वह तो रंग-रूप से परे है, जिसे हवा-पानी, गरमी-सरदी विनष्ट नहीं कर पाती हैं; जो अजर है, अमर है, जिससे उसका वंश चलता है, चल रहा है।

"सीते! बेटी सीते! तुझे अपने बाप के दुलार की लाज रखनी है बेटी! तुझे अपनी माँ की अकिंचनता की मनुहार रखनी है, बेटी!

"और, मेरी बेटी रख रही है, रख रही है! इच्छा होती है, अब भी प्रकट होऊँ और इस अवसर पर बेटी के बोझ को कुछ हलका करूँ, किंतु क्या ऐसा कर पाती हूँ?"

अभी उस दिन की बात है—

"मेरी बेटी नदी से पानी भरने गई थी। पहाड़ी नदी; खड्ड के नीचे धारा; पथरीली पगडंडी की चढ़ाई। जब कलसी भरकर चली, पैर डगमग करने लगे। लक्ष्मण, लक्ष्मण, तू कहाँ से इतना बड़ा घड़ा उठा लाया। तुझे यह भी पता नहीं

कि तेरी भावज कितना बोझ उठा सकती है? वह भारी घड़ा, वह पिच्छल पथरीली राह। जो कभी जमीन पर पड़े और नहीं पड़े तो मिथिला की मक्खन सी मुलायम जमीन पर, वे पैर रह-रहकर रपट रहे हैं और वह शरीर के संतुलन पर ध्यान दिए बढ़ रही है, ऊपर चढ़ रही है। ललाट पर पसीना, कपोल पर पसीना। ललाट का पसीना लुढ़ककर आँखों में गिरना चाहता है, किंतु वह उसे पोंछे तो कैसे? एक हाथ से घड़े को पकड़े हुए है; दूसरे से आँचल सँभाल रही है। इस सुनसान जंगल में भी मर्यादा का कैसा बोध है उसे? परेशान, परेशान। इच्छा हुई अभी दौड़कर जाऊँ और कहूँ कि बेटी, मैं तेरी माँ हूँ, मेरे अछत तुम पानी भरो कि उसी समय सुनाई पड़ा—"सीते, मैंने मना किया था न? कहो, कितना कष्ट हो रहा है तुम इस जंगल में?"

"नहीं नाथ, कष्ट कहाँ?" मेरी सीता बोली और, अरे यह क्या? कहाँ गया पसीना, कहाँ गई पैर की रपट? क्या हुआ घड़े का भारी बोझ? वह उस घड़े को लिए ऊपर इस तरह उछलती हुई बढ़ी, जैसे पहाड़ी रास्तों पर बकरी के छौने! और, और, वह कुछ ही आगे बढ़ी थी कि वह नौजवान जल्द-जल्द नीचे उतरा और उसके घड़े को छीनकर एक हाथ से अपने कंधे पर रख लिया तथा दूसरे हाथ से उसकी कमर को लपेटे हँसता हुआ ऊपर चला। ओहो, अब दोनों हँस रहे थे, किलक रहे थे! और ऊपर आते-आते···

"नहीं, नहीं, ऐसे अवसरों पर माँ को आँखें मूँद लेनी चाहिए। मैंने आँखें मूँदी थीं तथा कल्पना की आँखें उस युगल जोड़ी पर आशीर्वाद की वर्षा कर रही थीं, जिनके प्रेम को इस संकट ने और भी गंभीर कर दिया था।

और उस दिन—

मेरी सीता रसोई बनाने बैठी। "लक्ष्मण, लक्ष्मण, तुझमें इतना शऊर नहीं कि किस लकड़ी का ईंधन होता है, कैसी लकड़ी का ईंधन होता है। सब धान बाईस पसेरी है तेरे लिए। ऐसी लकड़ी तोड़ लाया तू कि मेरी बेटी परेशान हो गई, लेकिन आग न धधकी। धुआँ, धुआँ! फूँक-पर-फूँक दी; आँचल से विजन किया; फिर तालपत्र से हवा की, किंतु आँच न धधकी, आग न धधकी। मेरी बेटी की गुलाबी आँखें सुरमई बन गईं। हारकर वह कुटिया से बाहर आई, आँखें पोछीं, लंबी साँस ली और खिन्न होकर आकाश की ओर देखा—आह, दिन

इतना चढ़ आया, वे आते ही होंगे, रसोई अब तक न बना सकी मैं! इच्छा हुई अब प्रकट होऊँ ही। जाऊँ, रसोई बना दूँ, दामाद को खिलाऊँ, बेटी को खिलाऊँ, जन्म सार्थक करूँ कि इतने में वही आवाज, 'सीते! सीते! अरी, छोड़ो रसोई, देखो ये फल, ढेर के ढेर!' ऐसा कहता हुआ वह नौजवान अब सीता के सामने खड़ा था। 'ओहो, तुम्हारी ये आँखें! इसलिए कहा था न कि जंगल··· !''

''यों न कहा कीजिए, नाथ!' सीता ने कहा और फिर दोनों···

''नहीं, नहीं! ऐसे मौकों पर माँ को नहीं देखना चाहिए। मेरी आँखें मुँद गईं और कानों ने सुना, 'भाभी, इसमें मेरा भी हिस्सा होना चाहिए, भाभी!' फिर तो वह पर्ण-कुटीर हास्य-सदन बन गया। चुहल व्यंग्य, हँसी, ठहाके, मेरी आँखें मुँदी रहीं, मेरे कान तृप्त होते रहे!

''और तीसरे दिन तो मैं कैसे रुकी, यही आश्चर्य होता है!

''मेरी बेटी उस कुंज की ओर से फूल चुनकर लौट रही थी। फूलों से उसे कितना प्रेम है! किंतु वह बेचारी भूल गई थी, जहाँ फूल हैं, वहाँ शूल भी हैं और जितना सुंदर फूल, उतने बड़े शूल! वह जल्द-जल्द पैर बढ़ाए आ रही थी कि एक लंबा काँटा उसके पैर में चुभ गया, वह चीखी, बैठ गई! रक्त की धारा, 'आह!' मैं थोड़ी दूर थी, दौड़ी! 'ओहो!!' यह आह! यह ओह!! मालूम होता था, जैसे कलेजा मुँह को आ गया! मैं आई बेटी, कहती हुई मैं दौड़नेवाली थी कि देखा, वह नौजवान पहुँच चुका था वहाँ। मैं ठिठक गई; छिपी रही। वह बैठ गया, काँटे को खींचा। लहू की धारा और तेज हो गई। वह अपने वलकल से लहू पोंछने लगा। रक्त बहा जा रहा है और वह पोंछे जा रहा है। 'लक्ष्मण, लक्ष्मण, पानी लाओ, लक्ष्मण! ओह, सीते! सीते!' सीता तब तक बेहोश हो चुकी थी! उसने सीता को उठाकर छाती से लगा लिया और उन्मत्त सा चिल्ला उठा, ''सीते!'' तब तक लक्ष्मण पानी लेकर पहुँच चुका था। सीता के मुँह पर छींटे दिए गए, सीता ने आँखें खोलीं—'नाथ!'

''सीते!''

''अरे, यह क्या हो गया था मुझे नाथ!''

''कुछ नहीं सीते!''

क्या सचमुच कुछ नहीं! सारी पृथ्वी जो रक्त-रक्त हो चली थी और उस

रक्त की धारा में राम के आँसू की धारा कहाँ तक मिली थी, कौन बताए?

''यों जंगल में भी पति का असीम लाड़-प्यार पाकर मंगल मना रही है मेरी बेटी! किंतु, उसे वहाँ देखकर रह-रहकर न जाने मेरा हृदय कैसा हो जाता है?' मेरी सोने की बेटी, क्या यह जंगल के लिए बनाई गई? दशरथ ने अपना वचन रखा, राम पितृभक्त कहलाए, लक्ष्मण ने भायप निभाया, किंतु मेरी बेटी। क्यों मेरी बेटी के सिर पर आपत्ति ढही? कहीं मेरा भाग्य तो मेरी बेटी के पीछे नहीं लगा है? आह, उसकी माँ बारह वर्षों तक जंगल में मारी-मारी फिरी और वह चौदह वर्ष जंगल-जंगल की खाक छानती फिरेगी! उफ्! मेरा दुर्भाग्य मेरी बेटी के सिर पर जा गिरा!

''मेरा दुर्भाग्य और मेरी बेटी के सिर! अच्छी बात है कि मेरी बेटी नहीं जानती कि वह अपनी माँ के दुर्भाग्य का शिकार है—नहीं तो, नहीं तो··

''हाँ, हाँ, कभी अज्ञान ही कल्याण का मार्ग सिद्ध होता है। 'मेरी बेटी, तू इसी कल्पना में रह कि जनक तेरे पिता हैं, पृथ्वी तेरी माता है! यद्यपि जनक को कभी सीता नाम की कोई संतान नहीं हुई और पृथ्वी ने न कभी हाड़-मांस का शिशु प्रसव किया तथा न कर सकेगी। हाँ, जिस पृथ्वी ने हरे-हरे पेड़ों को, इन लोनी-लोनी लताओं को, इन रंग-बिरंगे फूलों को पैदा किया, उसकी बेटी कहलाने में भी कुछ कम गौरव नहीं है, बेटी! तो मेरी बेटी, अपने इन भाई-बहनों के बीच विचरती रह, खेलती रह, फूलती रह, फलती रह!'

फलती? आह! आह रे माँ का हृदय! हमेशा संतान की कामना में पगा रहता है यह? अपनी संतान, संतान की संतान, संतान की संतान, संतान! संतान! संतान!

''बेटी, मेरी बेटी! तेरे फूल देख रही हूँ; फल कब देखूँगी बेटी? अरे, मुँह बनाकर कहाँ चली! हाँ, हाँ, हर बेटी संतान का नाम सुनकर पहले यों ही मुँह बनाती है बेटी; लेकिन जब संतान आती है, फिर सारा संसार भूल जाती है उस पर। तू इस नौजवान को भी भूल जाएगी बेटी! क्या? 'नहीं?'

''नहीं,' तो ऐसा ही हो! तब तू अपनी माँ की सच्ची बेटी साबित होगी! तेरे पीछे छाया की तरह पड़ी हूँ, तब भी अपने देवता को न भूल सकी, मेरी बेटी; यद्यपि मेरे देवता मुझे भूल गए। आह मेरे देवता! धन्य मेरी बेटी!''

□

चौथा दृश्य

[स्थान : लंका की अशोक-वाटिका।]

[छाया-मूर्तियों में अशोक-वाटिका के दृश्य : अशोक की छायामूर्ति तले बैठी सीता की छायामूर्ति। दूर पर लंका की अट्टालिकाओं की छाया।

एक स्त्री की छायामूर्ति— वृद्ध, कमर कुछ झुक रही, जिस पर हाथ रखकर रह-रहकर तनकर खड़ी होने की चेष्टा करती हुई बोलती है—]

"यह है लंका की लंका! मेरी सोने की बेटी इस सोने की लंका में! क्योंकि मेरी सोने की बेटी ने सोने के मृग की आकांक्षा की थी! सोने की मेरी बेटी; सोने का मृग और सोने की यह लंका!

"सोना, सोना, सोना!

"सोने के मृग की आकांक्षा में बंदिनी बनी है मेरी सोने की बेटी!

"मालूम होता है, सोना तेरे लिए शकुन नहीं है बेटी!

"सोने के सिंहासन पर बैठने चली थी, बनवास मिला; सोने का मृग चाहा, कारावास मिला!

"मेरी सोने की बेटी, तू तो स्वयं सोने की है; फिर क्यों सोने की आकांक्षा हो तेरे हृदय में? तूने अपने को ठीक से नहीं देखा बेटी! तू अपने को ठीक से नहीं समझ सकी, मेरी सोने की बेटी! तभी तुझे बनवास मिला, कारावास मिला।

"या यह भी मेरा अभिशाप है, जो तेरा पीछा किए चल रहा है?

"हाँ, हाँ, यह मेरा अभिशाप ही है, जो तेरे सिर पर कभी बनवास बनकर

बरसा, कभी कारावास बनकर बरस रहा है!

''नहीं तो, सीता को वनवास! नहीं तो, सीता को कारावास!

''या यह रावण का सर्वनाश है, जो तुझे घर से जंगल में घसीट लाया, अब जंगल से लंका में घसीट ले गया है!

''हाँ, अब आग उसके सोने की राजधानी के परकोटे के भीतर आ चुकी है। अब सोने की लंका जलकर रहेगी!

''सोने की लंका को शायद जलना लिखा है, इसलिए सोने का मृग बना; इसलिए मेरी सोने की बेटी के हृदय में उस सोने के मृग के लिए आकांक्षा जगी।

''कहीं सोने का मृग होता है? और कहीं राम-जैसे ज्ञानी को उसके पीछे दौड़ने के लिए लाचार होना पड़ता है?

''रावण, रावण! तुम्हारी सोने की लंका को धूल में मिलना है, इसीलिए तुमने मेरी सोने की बेटी पर हाथ बढ़ाया है, रावण!

''आग से खिलवाड़ करना चाहता है, स्वयं जलेगा, सारा परिवार जलेगा; सोने की लंका जलेगी!

''तुम समझ नहीं सके, सीता क्या है? तुमने उसे साधारण नारी समझा या साधारण रानी समझा!

''यह कौन है, यह किसकी बेटी है, दुनिया तक नहीं जानती, तो तुम क्या खाक समझते, रावण!

''तुम समझो या न समझो, लेकिन तुमने अपना नाम सार्थक कर लिया, रावण! रावण, रुलानेवाला। उफ्, तुमने मेरी बेटी को कितना रुलाया! उफ्, तुमने उस नौजवान को कितना रुलाया!

''वह नौजवान रोया, बच्चों की तरह फूट-फूटकर, पागलों की तरह रट-रटकर! उसे घमंड था अपने ज्ञान का, अपने धैर्य का, किंतु सारे ज्ञान-ध्यान धरे रह गए!

''जब वह मृग मारकर लौटा और अपना आँगन सूना पाया, तो पागल की तरह पर्ण-कुटीर में दौड़ गया, 'सीते, सीते' पुकारते हुए!

''पर्ण-कुटीर से आँगन में! आँगन से कुंजों में 'सीते! कहाँ हो? सीते,

छिपो मत सीते; लो अपना मृग! अपना सोने का मृग, सीते!''

''कुंजों से नदी-तट पर; फिर उस स्फटिकशिला पर, जहाँ सीता एकाकी जा बैठती थी। फिर पर्ण-कुटीर में! 'लक्ष्मण, सीता क्या हो गई लक्ष्मण? सीता कहाँ गई लक्ष्मण? सीते, सीते, सीते!''

थोड़ी देर में ही सारी वन-भूमि 'सीते' 'सीते' की ध्वनि से ध्वनित-प्रतिध्वनित होने लगी!

और क्या यह ध्वनि-मात्र थी! नहीं; जब पुरुष रोता है, तो उसकी ध्वनि स्त्री या बच्चों के रुदन की तरह ध्वनि-मात्र नहीं होती! स्त्री के रुदन में करुणा है; बच्चों के रुदन में याचना है! किंतु पुरुष का रुदन—वह क्या है, उसमें क्या है, वह कैसा होता है, शब्दों में क्या इतनी शक्ति है, जो वर्णन कर सके उसका।

ज्ञानी राम, वीर राम, अरे मर्यादा पुरुषोत्तम राम इस तरह रोया कि सारा जंगल रुदन से ओतप्रोत हो गया!

हाँ, सारी वन-भूमि रुदन से ओत-प्रोत।

अब पंछी रोते थे, पशु रोते थे; पेड़ रोते थे, पौधे रोते थे; नदी रोती थी, झरने रोते थे। झरने के झर-झर में, पत्तों के मर्मर में, पंछियों के कलरव में अब राम की रुदन-ध्वनि समाई हुई थी। पशु रँभाते क्या थे, मानो अपना कलेजा निकालकर जमीन पर रख देते थे। हवा राम के रुदन से सिसकियाँ भरती; नदी राम के रुदन में सुर मिलाती! 'सीते' 'सीते'! यह जंगल की करुण रागिनी की एक कड़ी बन गई थी, मानो! निभृत्त निकुंजों से, निर्जन तलहटी से, गह्वर गुफाओं से, मालूम होता था, रह-रहकर कोई पुकार रहा है कि 'सीते'! 'सीते!' राम ने 'सीते' की ऐसी रट लगा दी कि तोते की जबान पर भी यह जा चढ़ी और ज्योंही वे राम को देखते, चीख उठते, 'सीते'! 'सीते!'

''लक्ष्मण, लक्ष्मण, मैं इस जंगल में जी नहीं सकता लक्ष्मण! यह दिन-रात की 'सीते' 'सीते' मेरा हृदय विदीर्ण कर छोड़ेगी लक्ष्मण! जहाँ जाओ सीते, जहाँ देखो सीते! जहाँ देखो सीते! लक्ष्मण, इस जंगल को छोड़ो लक्ष्मण!''

''राम, तुमने ही तो इन्हें सीता कहना सिखलाया, सीता के लिए रोना सिखलाया, चीखना सिखलाया! अब जब तुम्हारा व्यक्तिगत रुदन सार्वजनिक हो चला है, तब तुम घबरा रहे हो, राम!''

"आह, इस जंगल से उस जंगल; उस जंगल से इस जंगल! सीते! मेरी बेटी, अहा, तुम जान पाती कि तेरे वियोग में तेरा वह प्राण-प्यारा किस तरह उन्मत्त बना था!"

"लक्ष्मण, कहो इन पंछियों से, ये अपना कोलाहल बंद करें! लक्ष्मण, कहो, इन पेड़-पौधों से कि शाम-सुबह आँसू न टपकाया करें! लक्ष्मण, ये झरने क्यों चिल्लाते हैं? ये नदियाँ क्यों विलाप करती हैं? कहो, यह विलाप-प्रलाप, अश्रु-उच्छ्वास बंद करें, बंद करें! नहीं तो...

"नहीं तो लक्ष्मण मैं अपने इस तीर-धनुष से इस जंगल को जलाकर खाक बना दूँगा, लक्ष्मण! मैं जल रहा हूँ और ये मखौल करें, नहीं, नहीं, ऐसा नहीं हो सकता लक्ष्मण! मैं इसे बरदाश्त नहीं करूँगा, इन्हें मना करो, इन्हें मना करो!"

"राम, राम, तुम बड़े-बड़े ऋषि-मुनियों को ज्ञान देते रहे; वही तुम हो और भोला लक्ष्मण तुम्हें समझा रहा है, 'भैया, भैया, ऐसा नहीं कहते भैया! ऐसा नहीं करते भैया!'

"मेरी बेटी, तू धन्य है और धन्य हैं वे सब बेटियाँ, जिनका विरह उनके प्राण-प्यारों को यों विक्षिप्त बना डाले! यह विक्षिप्तता नारी की विजय-पताका होती है, मेरी बेटी!

"और, अपने सिर के ऊपर यह विजय-पताका फहराती हुई, लहराती हुई तू किस शान से बैठी है, इस अशोक-वृक्ष के नीचे!

"हाँ, हाँ, यह शान ही तो है! ऐसी शान कि जिस पर किसी की आँख न ठहरे!

"निस्संदेह, मेरी बेटी भी रोई, जब रावण उसे हर ले चला। रोई, दहाड़ मारकर, कलेजा उलटकर! किंतु तुरंत उसने अपने रुदन को संयम की शृंखला में कस दिया!

"हृदय रोया करो, किंतु आँखें, तुम्हें आँसू नहीं टपकाना होगा! अब तुम्हें चिनगारियाँ उगलनी हैं, पानी बहाना नहीं! तुम्हें चिनगारियाँ उगलनी हैं; क्योंकि वे ही तुम्हारी रक्षा कर सकेंगी।

"मुँह से आह नहीं, उच्छ्वास नहीं! हृदय की आग भट्ठी की तरह

धधकती रहे, धधकती रहे, इसके लिए जरूरी है कि मुँह पर ताला जड़ दिया जाए।''

राम के रुदन पर रावण हँस सकता था; सीता का यह संयम रास्ते में ही उसके लिए असह्य हो उठा।

''रावण, तू सीता को ले आया था राजरानी बनाने के लिए न? तो, तू इसे महल क्यों नहीं ले गया? क्यों इसे वाटिका में ही छोड़ भागा?

''हिम्मत थी तेरी कि इसे महल में ले जाता, अरे, तेरा स्वर्णसौध मेरी बेटी की साधना की आग से उसी समय पिघल जाता, जल जाता, बिला जाता, ओ रावण!

''तू मूर्ख तो नहीं है, महापंडित है; इसलिए तू चेत गया, किंतु यह कैसी मूर्खता कि तू समझता है कि मेरी बेटी स्वयं तेरे प्रासाद में जाने को तैयार हो जाएगी, कभी-न-कभी।

''और, तू हारकर उस दिन धमकी दे गया!

''तूने किसे धमकाया रावण, काश, तू जान पाता!

''ओहो, सीता पर धमकी, मेरी बेटी पर धमकी, मेरे देवता की बेटी पर धमकी!''

''ओ आँधी, तू चलाकर, चलाकर! यह मणिदीप जला करेगा, जला करेगा!

''दुनिया में अंधकार-ही-अंधकार है, मेरी बेटी आई है इस अंधकार-जगत् में प्रकाश-पुंज प्रदान करने।

''जब मेरी दुनिया अंधकारमय थी, तब यह प्रकाश-पुंज होकर मेरी गोद में पधारी। फिर इसने जनक के अँधियारे भवन को प्रभावित किया, प्रकाशित किया। यह अयोध्या आई और वह जगमग हो उठी, लेकिन जंगल की बेटी ने देखा, दूसरा जंगल अंधकारमय है, वह सिंहासन छोड़ उधर दौड़ी! और, वहाँ से इस राक्षस-पुरी में आई है, इसके चिर-अंधकार को सदा के लिए दूर करने!

''यह लंका! यह राक्षसपुरी! अंधकार में ढँपी यह पुरी! अंधकार में पुते यहाँ के अधिवासी! अंधकार में पुते, उनके काले-काले शरीर, उनकी मैली-कुचैली आत्मा! यहाँ के सघन अंधकार को दूर करने के लिए मेरी बेटी की

तरह की ही प्रकाश-पुंजिका की आवश्यकता थी!

"राक्षसता को विनष्ट कर मानवता की प्रतिष्ठा करने के लिए ही मेरी बेटी यहाँ पधारी है। हाँ, मेरी सोने की बेटी इस सोने की पुरी में मानवता की प्रतिष्ठा करने के लिए ही पधारी है।

"मेरी बेटी की यह अखंड समाधि! अशोक-वृक्ष के नीचे यह अखंड समाधि! वायु ही जहाँ आहार है; नाम ही जहाँ आधार है। शरीर छीजता जाता है, ज्योति बढ़ती जा रही है। प्रकाश फैलता जा रहा है, अंधकार हटता जा रहा है।

"हाँ, हाँ, अंधकार, भाग! भाग! नहीं भागेगा, तो तेरे भागने के लिए किसी हनुमान को आना पड़ेगा, लंकाकांड मचाना पड़ेगा! सोने की लंका जलेगी, धू-धू करके जलेगी और उसकी विशाल लपटों में अंधकार, तू सदा के लिए जलकर रहेगा! जलकर रहेगा!"

□

पाँचवाँ दृश्य

[स्थान : अयोध्या का प्रांतर]

[दूर पर अयोध्या की अट्टालिकाओं की छायामूर्तियाँ। एक जर्जर वृद्धा की छायामूर्ति धीरे-धीरे प्रकट होती है। वह अयोध्या की अट्टालिकाओं की तरफ कुछ देर तक घूरती है, फिर फूट पड़ती है जैसे—]

"आह, यह क्या हुआ? कहाँ गई मेरी बेटी? क्या हुई मेरी बेटी! मेरी बेटी, मेरी सोने की बेटी! मेरी सीते। सीते!!

"सीते कहाँ गई? क्या हुई? तुम बताती क्यों नहीं हो, ओ अट्टालिकाओ! तुमने मेरी सीता को क्या किया? ओह, तुम खा गई मेरी बेटी को? झोंपड़ी की बेटी को अट्टालिका खा गई! देवता की जिस बेटी को राक्षसपुरी न खा सकी, उसे मानवपुरी खा गई, खा गई, लील गई! जिंदा निगल गई! ओह! मेरी बेटी! बेटी! सीते! सीते!

"कंगालिन की बेटी, तू राजरानी बनने चली थी! देव-कन्या, तू मानव से प्रेम करने चली थी! राजधानी तुझे लील गई बेटी; मानव ने तुझे निगल लिया बेटी! अरे, ये मानव, इनसे दानव भले थे! लंका से भी बुरी निकली तुम ओ अयोध्ये! उफ्, ये मानव! इनसे दानव भले थे! हाँ, हाँ लंका से भी बुरी निकली तू अयोध्ये!

"हाय रे! लंका-विजय के बाद विभीषण को राज्य मिला, राम को साम्राज्य मिला और मेरी बेटी को मिला अग्नि-स्नान!

"राम, राम! जो स्त्री तेरह वर्षों तक तुम्हारे पीछे छाया बनी घूमती रही; दस महीने में ही तुमने उस पर से विश्वास उठा दिया!

"सिर्फ दस महीने तक मेरी बेटी तुमसे दूर रही थी, उस राक्षसपुरी लंका में रही थी और इतने ही छोटे अरसे में तुम्हारा इतना बड़ा अविश्वास कि उसे

अग्नि-परीक्षा के लिए तुमने चुनौती दी!

''मेरी सीता लंकापुरी में किस तरह रही, तुमने सोचा भी नहीं! और लंकापुरी में वह रही ही क्यों? क्यों तुमने उसकी बहन की नाक कटवाई थी, जो रावण ने तुम्हारी पत्नी का हरण किया! फिर यह तो तुम्हारी नपुंसकता थी राम कि कोई तुम्हारी पत्नी का हरण कर ले! अपनी कायरता का प्रायश्चित तुम्हें करना था कि मेरी सीता को?

''लंकाविजय के बाद उस दिन भी मैं वहीं खड़ी थी, जब तुम्हारे सामने सीता आई। आह! मेरी बेटी तुम्हारी ओर किस ललक से बढ़ी! 'नाथ! नाथ!' कहती, चिल्लाती! सबको रोमांच हो जाए, तुम्हारे बंदरों को, लंका के बचे-खुचे राक्षसों को। तुम्हारे लक्ष्मण की आँखों में तो आँसू झरने लगे थे राम!''

कि, तुमने कहा, 'रुको सीते! तुम्हे परीक्षा देनी होगी।'

''किस चीज की परीक्षा?'' काहे की परीक्षा? 'सीता दस महीने तक लंका में पड़ी रही, इसकी परीक्षा? उसके सतीत्व की परीक्षा।'

''राम, जब तुम यह बोले, तब भी क्या तुम राम ही थे राम! आह! उस दिन रावण की आत्मा कितनी हँसी होगी! उसने कहा होगा, 'सीते, सीते! यही है राम, जिसको तुम्हारे चरित्र पर भी संदेह है। ऐसे आदमी के लिए ही तुम मर रही थी!' हाँ, हाँ, रावण की आत्मा उस दिन अट्टहास कर उठी होगी राम!''

''तुमने कहा, 'रुको!' मेरी सीता रुक गई! वह चुप थी, किंतु राम, तुम नहीं सुन रहे थे कि मेरी बेटी का रोआँ-रोआँ क्या कह रहा था?

''तुमने पहले से ही चिता सजवा रखी थी! कितने दूरदर्शी हो तुम राम! धू-धू आग जल रही थी। 'सीते, अग्नि-परीक्षा देनी होगी तुम्हें!' अग्नि-परीक्षा! सीता ने आग की ओर देखा और कूद पड़ी उसकी लपटों में! आश्चर्य से तुम्हारी आँखें फटी जा रही थीं राम, यह देखकर कि मेरी बेटी उस अग्नि-ज्वाला के बीच भी मुसकरा रही है! तुम्हारा वह भोला भाई, तुम्हारी वानरी सेना, तुम्हारे युद्धबंदी राक्षस; उन सबकी तो हालत मत पूछो! राम, तुम्हें फुर्सत कहाँ थी उन्हें देखने की; तुम्हारी आँखें तो अग्नि-ज्वाला में खड़ी मेरी बेटी के दिव्य-भव्य चेहरे पर अड़ी थीं, गड़ी थीं, जड़ीं थीं!

''धीरे-धीरे अग्नि-ज्वाल प्रशमित हुई और मेरी बेटी निकली, आग में तपाए

सोने की तरह, कुंदन की तरह दिपती, चमकती। तुम्हारी आँखों में चकाचौंध लगी थी राम, जब मेरी बेटी आकर तुम्हारे चरण छू रही थी!

"अब तुम एक बार फूट पड़े, रो पड़े! 'सीते, सीते! तुम सतीशिरोमणि हो सीते! लोकापवाद को सदा के लिए नष्ट करने के लिए मुझे यह कठोर कर्म करना पड़ा है सीते!' तुम बोले!

"लेकिन राम, तुम्हारे हृदय का अविश्वास तब भी नहीं गया था राम! नहीं तो इस अग्नि-परीक्षा के बाद एक धोबी के कहने पर, तुम उसे बनवास नहीं देते और उस हालत में, जब उस बेचारी पर तुमने मातृत्व का बोझ लाद दिया था!

"उफ्, निर्दयता की भी कोई हद होती है, राम और यही करना था तो साफ क्यों नहीं कह दिया, धोखे से उसे जंगल भेजा और जब तुम्हारा नाम लेती-लेती वह मूर्च्छित हो गई, तो तुम्हारा भाई उसे एकाकी छोड़कर भाग आया! वाह रे तुम्हारा भोला भाई!

"भगवान ने तुम्हें भाई भी कैसा दिया है कि जिससे तुम जब जो चाहो, करवा लो।

"तुम निरपराधिनी सीता पर दंड-पर-दंड बरसाते रहे और वह ऐसी कि तुम्हारे अपराधों पर परदा डालती रही। यदि वह वाल्मीकि ऋषि से सब बातें खोलकर कर दी होती, तो राम, एक तो रामायण लिखी नहीं जाती और यदि लिखी जाती, तो कुछ दूसरी ही तरह।

"और, जब उसके बेटों ने बता दिया कि उसकी माँ कौन है, तथा जब तुम्हारे महावीर हनुमान बंधन में पड़े दुम दबाए बैठे थे, जब तुम्हारे भक्त-विभीषण भ्रातृ-द्रोह का फल चख रहे थे, जब तुम्हारे भोंदू लक्ष्मण बेहोश पड़े थे, तब तुम्हारी आँखें थोड़ी देर के लिए फिर खुलीं राम! राम फिर तुमने एक बार त्याग का स्वाँग किया! हाँ, हाँ, यह स्वाँग ही था। तुम्हें चक्रवर्ती कहलाना था अत: सीता को गले लगाया, उसके बेटों को 'बेटे, बेटे' कहकर फुसलाया।

"किंतु जब चक्रवर्तित्व मिल गया, तो फिर सीता की क्या कीमत? तुमने इस बार भरी सभा में बुलाकर उसे अपमानित कराया राम!

"आह! सीता पर कलंक! मेरी सीता पर कलंक! मेरे देवता की सीता पर कलंक! यह सीता पर कलंक नहीं, तुम्हारी अयोध्या पर कलंक है राम; जहाँ के

धोबी ऐसे मुँहचढ़े हैं, जहाँ का पुरोहित इतना सिरचढ़ा है। मैं जानती हूँ राम, इस सारी घटना में तुम्हारे उस बूढ़े ब्राह्मण का कितना हाथ है! तुम्हारी अयोध्या के ही योग्य वह पुरोहित है राम!

"आह! जिस पृथ्वी पर मंदोदरी के लिए जगह है, जिस पृथ्वी पर तारा के लिए जगह है, जिस पृथ्वी पर कर्कशा कैकेई के लिए जगह है, जिस पृथ्वी पर तुम्हारी 'साध्वी' माता कौशल्या के लिए जगह है, उस पर सीता के लिए जगह नहीं! सीता के लिए, सती-सीमंतिनी सीता के लिए, पति-प्राणा सीता के लिए।

"देखती हूँ राम, देखती हूँ। माताओं की चर्चा ने तुम्हें तिलमिला दिया, किंतु कहे देती हूँ राम, आँखें मत गुरेड़ो, मत गुरेड़ो। बात तीखी हो गई; किंतु सच्ची बात हमेशा मीठी नहीं हुआ करती। हाँ, हाँ, मुझे अफसोस यही है राम कि तुमने अपने घर या अपने मित्रों के घर की स्त्रियों के मापदंड से ही मेरी बेटी के चरित्र को मापने की कोशिश की। आँखें मत गुरेड़ो राम, जरा तह तक देखने की कोशिश करो!

"और एक दिन तुम तह तक देखोगे और रोओगे! हाँ, हाँ, राम, तुम रोओगे। तुम जंगल में भी रोए थे राम; किंतु इस बार का रुदन कुछ विचित्र होगा! अबकी बार तुम्हारा रुदन कोई देख भी नहीं सकेगा, न सुन सकेगा, सुन भी न सकेगा राम! अरे, अपनी ही हिचकियाँ तुम्हारा गला दबा देंगी, तुम अपने ही आँसुओं में डूब मरोगे राम! हाँ, डूब मरोगे! तुम डूबोगे, तुम्हारा यह भोला भाई डूबेगा, तुम्हारा सारा परिवार डूबेगा और उसी के साथ डूबेगी सारी अयोध्या की श्रीशोभा। जहाँ सीता का अपमान हुआ, वह स्थान अपना गौरव खो चुका। वाल्मीकि की कृपा से तुम मर्यादा पुरुषोत्तम भले ही बने रहो राम, लेकिन सीता के साथ ही, ओ अयोध्ये, तुम्हारा गौरव सदा के लिए पाताल-प्रवेश कर गया।

"आह, राजा जनक ने उस दिन एक भविष्यवाणी ही की थी, जब उन्होंने सीता को पृथ्वी की पुत्री कहा था। पृथ्वी, पृथ्वी, तूने मेरी बेटी को अपनी गोद में ले लिया; अब आकाश, तू अपनी शरण मुझे दे। आकाश, आकाश!" अहा, बेटी पाताल चली; माँ आकाश की ओर जा रही है!

[स्त्री की छायामूर्ति धीरे-धीरे ऊपर उठती हुई विलीन हो जाती है।]

□

शकुंतला

शकुंतला

[रथ की घर्घर, घोड़े की टाप और हिरन की चौकड़ी के शब्द।]

दुष्यंत : उफ, यह हिरन कितनी दूर तक हमें खींच लाया, सारथि! अरे देखो, देखो कितना सुंदर! गरदन को मोड़कर यह बार-बार हमारे रथ को देखता है; तीर लग जाने के भय से शरीर के पिछले भाग को जैसे अगले भाग में घुसा लेना चाहता है; थकावट के कारण उसका मुँह खुल जाने से आधी-आधी चबाई घासों से रास्ता भर रहा है और, ऊँची-ऊँची छलाँग भरता हुआ यह उड़ता सा दीखता है। **(साश्चर्य)** ओहो! अब तो यह मुश्किल से दिखाई पड़ता है, सारथी!

सारथी : जमीन ऊँची-नीची है, इसलिए रास खींचकर रथ की गति धीमी कर दी थी, महाराज! अब समथर भूमि आई है, हिरन जाएगा कहाँ?

दुष्यंत : तो रास ढीली कर दो!

सारथी : जैसी आज्ञा महाराज! **(रथ में तीव्र गति)** अहा, देखिए, देखिए, महाराज : रास ढीली करते ही ये घोड़े ऐसे भागे कि इनके सूमों से उठी धूल भी इन्हें नहीं पकड़ पाती; चाल ऐसी सम है कि सिर की कलँगी तक नहीं हिलती-डुलती; अहा, अपने दोनों कानों को उठाए-सटाए ये इस तरह जा रहे हैं कि समझ में नहीं आता कि ये दौड़ रहे हैं या तैर रहे हैं!

दुष्यंत : **(सानंद)** ओहो, हमारे घोड़ों ने हिरन को भी मात दे दी, जो पहले सूक्ष्म दीखती थी, वह अचानक स्थूल हो रही है, जो बीच में कटी सी मालूम होती थी, वह जड़ सी लग रही है; जो स्वभावतः ही टेढ़ी थी, वह सीधी दीखने लगी है; रथ की गति ऐसी क्षिप्र है कि इसका निर्णय कठिन हो रहा है कि कौन सी जीज नजदीक और कौन सी चीज दूर है।

सारथी : देखिए, वह सामने हिरन है, निशाना लगाइए।

दुष्यंत : अभी-अभी···

[दूर से एक तपस्वी के शब्द]

तपस्वी : रुको! रुको महाराज! यह आश्रम का मृग है, इसे मत मारो; मत मारो!

सारथी : महाराज, आपके बाण और मृग के बीच में आश्रम के दो तपस्वी खड़े हैं।

दुष्यंत : (संभ्रम) रास खींचो, रथ खड़ा करो!

सारथी : जैसी आज्ञा महाराज!

[एक तपस्वी अपने शिष्य के साथ।]

तपस्वी : महाराज, यह आश्रम का मृग है, इसे मत मारिए, मत मारिए! कहाँ वज्र के समान आपके तीखे बाण और कहाँ हिरन के चंचल प्राण! रुई के गोदाम में आग फेंकना और इन हिरनों के कोमल शरीर पर बाण मारना, दोनों एक हैं महाराज! आप-ऐसे प्रतापी राजा के बाण आर्त्तों की रक्षा के लिए होने चाहिए न कि निरपराधों की हत्या के लिए! धनुष से बाण उतारिए, महाराज!

दुष्यंत : प्रणाम तपस्वीवर! आपकी आज्ञा सिर-आँखों पर!

तपस्वी : पुरुवंश की मर्यादा के अनुरूप ही आपकी यह नीति है महाराज! भगवान आपको चक्रवर्ती पुत्र दें!

तपस्वी का शिष्य : हाँ, आपको चक्रवर्ती पुत्र ही प्राप्त हो।

दुष्यंत : ब्राह्मण का आशीर्वाद सिर झुकाकर ग्रहण करता हूँ।

तपस्वी : महाराज, हम लोग यज्ञाग्नि प्रज्वलित करने के लिए समिधा लेने जा रहे हैं। यह देखिए, मालिनी के तट पर हमारे कुलपति महर्षि का आश्रम दिखाई पड़ रहा है। यदि कोई हर्ज न हो, तो वहाँ जाकर आतिथ्य ग्रहण करें और देखें कि बाणों के घर्षण से आपकी जिन भुजाओं में घिस्से पड़ गए हैं, वे ऋषियों की तपश्चर्या को किस प्रकार निर्विघ्न संपन्न करा रही हैं।

दुष्यंत : क्या वहाँ कुलपति हैं?

तपस्वी : अभी-अभी अतिथि-सत्कार का भार अपनी कन्या शकुंतला को सौंपकर वे उसके भाग्य की बुरी रेखा को मिटाने के लिए सोमतीर्थ गए हैं!

दुष्यंत : अच्छा, तो मैं जा रहा हूँ; वह मेरी भक्ति देखकर ऋषि से निवेदन कर देगी, ऐसी आशा है।

तपस्वी : हम लोग भी चलते हैं, महाराज! जय हो! जय हो!

दुष्यंत : सारथी, रथ को बढ़ाओ।

सारथी : जैसी आज्ञा!

दुष्यंत : अहा, बिना कहे ही यह ज्ञात हो जाता है कि हम तपोवन में आ गए हैं, सारथी! खेते में बैठे हुए सुग्गों के बच्चों के मुँह से गिरी धान की बालियाँ पेड़ों के नीचे बिखरी पड़ी हैं, ईंगुदी की फलियाँ तोड़ने से चिकने बने पत्थर के टुकड़े जहाँ-तहाँ दिखाई पड़ते हैं, हिरनों में इतना विश्वास है कि वे हमारे रथ के घर्र-घर्र शब्द सुनकर भी चौंकते नहीं हैं और नदी-तट के मार्ग पर वल्कल से चूए जल से रेखाएँ सी खिंच गई हैं!

सारथी : हाँ, महाराज!

दुष्यंत : और भी देखो, हवा की चंचल बनी लहरियों से तटभूमि के वृक्षों की जड़ें धुली-पुँछी हैं; यज्ञाग्नि के धुएँ से किसलय की लालिगा और ही रंग की हो गई तथा जिनसे कुश के अंकुर उखाड़ लिये गए हैं, ऐसी उपवनभूमि में हिरन के बच्चे किस तरह निश्शंक होकर धीरे-धीरे चर रहे हैं!

सारथी : बहुत ही सही कह रहे हैं, महाराज!

दुष्यंत : सारथी, अब रथ को रोक दो और लो ये मेरे धनुषबाण तथा राजकीय वस्त्राभूषण! आश्रम में विनीत भाव से ही प्रवेश करना चाहिए न?

सारथी : हाँ, हाँ, महाराज!

दुष्यंत : और जब तक मैं आश्रमवासियों के दर्शन करके लौटूँ, तब तक तुम घोड़ों को भी ठंडा कर लो।

सारथी : जैसी आज्ञा महाराज की।

[आश्रम में प्रवेश]

दुष्यंत : यह आश्रम है! अरे, यह क्या? इस शांत तपोवन में दाहिनी भुजा क्यों फड़क उठी? यहाँ इसकी सार्थकता या होनहार के लिए हर जगह दरवाजा खुला रहता है?

दूर से शब्द : इधर, इधर आओ, सखियो!

दुष्यंत : ओहो, यह कैसी आवाज! यह तो दाहिनी ओर के वृक्षों की झुरमुट से आ रही है। तो उधर ही चला जाए। (**बहुत दूर बढ़कर**) ये तो ऋषिकन्याएँ हैं। किस तरह अपने प्रमाण के अनुरूप छोटे-बड़े घड़े लिये पौधों को सींचने के लिए आ रही हैं! कितनी सुंदर लग रही हैं ये! जो रूप महलों में भी दुर्लभ है, उसकी आश्रम में ऐसी बहुलता! अहा, वन-लताओं ने उद्यान-लताओं को भी परास्त कर दिया। खैर, इस छाया तले खड़ा होकर जरा चुपके-चुपके उन्हें देखूँ तो!

[सखियों सहित शकुंतला का प्रवेश]

एक सखी : अरी शकुंतले! मालूम होता है तात कण्व को तुमसे अधिक प्रिय हैं ये आश्रम-वृक्ष! तभी तो नवमल्लिका की कोमल कुसुम-कलिका सी सुकुमारी तुम पर इन्हें सींचने का भार सौंपा है उन्होंने।

शकुंतला : बहन अनुसूये, केवल पिता की आज्ञा ही नहीं है, मेरा भी तो इन पर सहोदर जैसा स्नेह है।

दूसरी सखी : सखी शकुंतले, ग्रीष्मकाल में फूल देनेवाले आश्रम-वृक्षों को तो

तुम सींच चुकी; अब हम उन वृक्षों को सींचें, जिनका फूल देने का समय बीत चुका। निष्काम कर्म महान् फलदायक समझा जाता है न?

शकुंतला : प्यारी प्रियंवदे, तुम्हारी राय बड़ी ही रमणीय है!

दुष्यंत : क्या यही कण्व-तनया शकुंतला है? तो भगवान कण्व, क्षमा करें, आपमें दूरदर्शिता का नितांत अभाव है। ऐसी कन्या और उसे आश्रम-कर्म में नियुक्त कर रखा है आपने? ऐसे स्वाभाविक मनोहारी शरीर से, जो तपस्या की साधना की इच्छा रखता है, वह मानो नीलकमल के पत्ते की धार से शाल का पेड़ काटना चाहता है! जो हो, मैं इस पेड़ की आड़ से इस रूप का रसपान करूँ! **(छिपकर खड़ा होता है)**

शकुंतला : बहन अनुसूये, उफ्, प्रियंवदा ने वल्कल को किस तरह कसकर बाँध दिया है; मुझे कष्ट हो रहा है, जरा इसे ढीला तो कर दे सखि!

प्रियंवदा : (हँसती हुई) अरी, मुझे क्यों दोष दे रही है; दोष दे अपनी जवानी को, जो क्षण-क्षण तुम्हारे वक्षस्थल को विशाल और विस्तृत बनाए जा रही है!

दुष्यंत : **(कुंज से)** ठीक ही कह रही है यह प्रियंवदा। अहा, काँधे पर बँधे हुए महीन गाँठवाले और दोनों स्तनों को बिल्कुल ढककर रखनेवाले इस वल्कल से उसकी नई जवानी अपनी पूरी शोभा उस प्रकार नहीं दिखा पाती है, जैसे पीले पत्तों के दोनों में रखे हुए फूलों की एक झलक मात्र ही हमें प्राप्त होती है! लेकिन क्या ऐसा कहना भी उचित है? सेवार से घिरी हुई कमलिनी और भी सुंदर लगती है तथा दागों से भरे चंद्रमा की मलिन चाँदनी और खिलती है! यों ही इस वल्कल में भी यह तन्वी मनोरम ही लगती है, भला, सौंदर्य के लिए शृंगार क्या चीज? तथा, एक बात और भी, इस मृगनयनी के लिए निस्संदेह यह वल्कल कठोर है, तो भी यह सुंदर ही लगता है और मन में जरा भी रुचि-भंग

नहीं लाता है, जैसे विकसित कमलिनी जब जल से ऊपर सिर उठाती है तो उसके कर्कश वृंतजाल उसकी शोभा में और भी वृद्धि कर देते हैं!

शकुंतला : सखियों! यह आम का पेड़ हवा से हिलती हुई अपनी पत्तियों की उँगलियों से, जैसे कुछ कहने को हमें बुला रहा है! चलो जरा उसका मान रख दें! **(जाती है)**

प्रियंवदा : यहाँ आई, तो थोड़ी देर यहाँ खड़ी रहो सखि! देखती नहीं, तुम्हारे निकट रहने से यह आम का वृक्ष इस तरह सनाथ हो रहा है जैसे कि उसने लता ही पा ली हो!

दुष्यंत : (कुंज से) प्रियंवदा सच कह रही है। इस बाला के लाल-लाल अधर किसलय हैं, दोनों बाहुएँ शाखाएँ हैं और फूल के समान प्रलोभक यौवन इसके अंग-अंग में खिला पड़ता है!

अनुसूया : प्यारी शकुंतले, क्या तुम भूल गई कि इस आम्रवृक्ष की वधू यह नवमल्लिका है, जिसने स्वयं इसे वरा है और जिसे तुमने वन-तोषिणी अभिधा दे रखी है!

शकुंतला : यदि इसे भूलूँ, तो अपने को भूल जाऊँ सखि! अहा, इन दोनों के सम्मिलन का शुभ मुहूर्त्त जैसे निकट आ गया है! नवमल्लिका नई कलियों से लद सी गई है और आम-वृक्ष फलों के बोझ से विह्वल सा बन रहा है!

प्रियंवदा : शकुंतला को यह वन-तोषिणी क्यों पसंद है, जानती हो सखि अनुसूये!

अनुसूया : क्यों? जरा सुनाओ तो।

प्रियंवदा : इसलिए कि जिस तरह इसे अनुरूप वृक्ष मिला, उसी तरह मुझे भी अनुरूप वर मिले!

शकुंतला : यह तुम्हारे अपने मन की बात है, प्रियंवदे!

अनुसूया : ओहो, इस नोक झोंक में इस माधवी-लता को तुम भूली जा रही हो शकुंतले!

शकुंतला : जिसे पिताजी ने मेरे साथ ही सींच-सींचकर बड़ा किया है, उसे,

और भूल जाऊँ? **(साश्चर्य)** किंतु सखि, अरे यह क्या? असमय में ही नीचे से ऊपर तक क्यों फूलों से लद गई है यह माधवी-लता?

प्रियंवदा : क्योंकि तुम्हारा ब्याह शीघ्र होनेवाला है। ओहो, मुँह क्यों बना रही है? तात कण्व ने ही तो एक बार ऐसा कहा था!

दुष्यंत : **(कुंज से)** क्या यह ऋषि कण्व की किसी दूसरे वर्ण से उत्पन्न हुई कन्या है? मुझे ऐसा लगता है कि यह क्षत्रियों के ग्रहण करने योग्य है, नहीं तो मेरा मन इसकी ओर क्यों आकृष्ट होता? जहाँ संशय का विषय हो, वहाँ अंतःकरण की स्वतः प्रवृत्तियों को ही प्रमाण बनाना चाहिए न?

[अचानक शकुंतला चिल्ला उठती है।]

शकुंतला : सखियों, इस दुष्ट भौंरे से मुझे बचाओ!

अनुसूया : नवमल्लिका के थाले में पानी पड़ते ही यह भौंरा भन्न-भन्न करता उड़ा और अब मेरे चेहरे पर चक्कर काट रहा है।

दुष्यंत : **(कुंज से)** अहा! भौंरे से अपने को बचाने में यह कैसी सुंदर लग रही है। जिस-जिस ओर भौंरा जा रहा है, उस-उस ओर अपने सुंदर नेत्रों को घुमाती हुई मानो भय के बीच भी यह सुंदरी अपनी भवों की कमान-लीला सिखा रही है! और, ओ मधुकर! कमाल, कमाल! बार-बार हाथों से हटाए जाने पर भी तू उसके चंचल नेत्रों को चूम ही लेता है, उसके कानों के निकट पहुँचकर अपनी प्रेम-कथा कह ही आता है और अरे, उसके रति-सर्वस्व अधरों का रसपान करने से भी तू नहीं चूकता! मैं यहाँ उधेड़बुन में ही रहा तथा उधर तूने बाजी मार ली!

शकुंतला : **(कुंज से)** अहा, अब कहाँ भ्रमर-निवारण? यहाँ तो अब बिना साज के ही नृत्य प्रारंभ हो गया जैसे! हाँ, हाँ, सारी बातें नृत्य की सी ही तो हो रही हैं! अपनी भवें आड़ी-तिरछी करती यह अपनी चंचल नजरें इधर-इधर डाल रही है; शरीर का मध्य भाग कुछ टेढ़ा होकर रह-रहकर तरंगायमान बन जाता है, पल्लवों की तरह

कोमल-चिकनी हथेलियों और उँगलियों को रह-रहकर झटकार देती है तथा जब-जब भय से सी-सी कर उठती है तो मालूम होता है कि आलाप के लिए अभी-अभी उसके अधर खुल रहे हैं!

शकुंतला : सखियों, सखियों! यह दुष्ट, भौंरा नहीं मान रहा! मैं जहाँ भागती हूँ, यह पिंड नहीं छोड़ रहा! बचाओ, बचाओ!

प्रियंवदा : हम कौन होती हैं तुम्हें बचानेवाली! राजा दुष्यंत को क्यों नहीं पुकारती, जिनके ऊपर इस सारी तपोभूमि की रक्षा का भार है!

दुष्यंत : मेरे प्रकट होने का यही सुअवसर है! **(प्रकट होता है)** जब तक इस पृथ्वी पर दुष्टों का शासन करनेवाले पुरुवंशी राजाओं का राज्य है, तब तक कौन दुष्ट इन भोलीभाली ऋषिकन्याओं के साथ अविनय का व्यवहार करनेवाला होता है!

अनुसूया : कोई बड़ी बात नहीं हुई है आर्य! यह मेरी सखी एक दुष्ट भौंरे से तंग किए जाने के कारण घबरा गई थी।

दुष्यंत : (शकुंतला से) क्यों देवि, आपकी तपस्या में कोई विघ्न तो नहीं हो रहा?

अनुसूया : मेरी सखी कुछ संकोचशील है, आर्य! जब आपके जैसे अतिथि पहुँच गए, तो फिर विघ्न कहाँ?

प्रियंवदा : स्वागत आर्य, स्वागत! **(शकुंतला से)** अरी शकुंतले, क्या सिर नीचा किए खड़ी है; जा कुटिया से फल-मूल तो ले आ, हाथ-मुँह धोने के लिए यह घड़े का जल तो है ही!

दुष्यंत : आप लोगों की मीठी बातों से ही मेरा सत्कार हो गया।

अनुसूया : कम-से-कम सप्तवर्णी वेदिका की शीतल छाया में थोड़ी देर विश्राम तो कर लीजिए!

दुष्यंत : आप भी तो थकी सी मालूम होती हैं आइए, आप लोग भी थोड़ी देर बैठ लीजिए।

प्रियंवदा : सखि शकुंतले! चलो हम भी बैठें, अतिथि का आग्रह कैसे टाला जाएगा!

[सब वेदिका पर बैठते हैं।]

दुष्यंत : अहा, कितना रमणीय लगता है आप लोगों का यह समान वय तथा रूप! और, फिर आप लोगों की मित्रता भी तो वैसी ही लगती है।

अनुसूया : आर्य, आपके मधुर भाषण से उत्पन्न ढिठाई आपसे कुछ पूछने को विवश कर रही है। क्या आप बता सकेंगे, आप किस राजवंश को अलंकृत करते हैं? किस देश को विरहोत्कंठित करके यहाँ पधारे हैं और किस कारण से अपने सुकुमार शरीर को आपने तपोवन आने के लिए घोर परिश्रम में डाला है?

दुष्यंत : यदि आग्रह है, तो सुनिए, मैं एक वेदज्ञ पंडित और राजा के दरबार का धर्माधिकारी हूँ। पवित्र आश्रमों को देखने के प्रसंग में इस तपोवन में आ गया हूँ।

अनुसूया : आपके आने से हम तपस्वी कृतार्थ हुए।

प्रियंवदा : (धीरे से) सखि शकुंतले! यदि आज तात कण्व यहाँ होते!

शकुंतला : तो क्या होता?

प्रियंवदा : तो अपने जीवन का सर्वस्व इस विशेष अतिथि को समर्पण कर देते।

शकुंतला : **(अनखाकर)** फिर तू शैतानी कर रही है प्रियंवदे! जाओ, मैं तुम्हारी बातें नहीं सुनती।

दुष्यंत : क्या मैं आपकी इस सखी के बारे में कुछ पूछ सकता हूँ?

अनुसूया : अनुग्रह में भी अभ्यर्थना?

दुष्यंत : पूज्य महर्षि कण्व तो आजन्म ब्रह्मचारी हैं। फिर यह इनकी पुत्री···

अनुसूया : राजर्षि कौशिक का नाम तो आपने सुना होगा।

दुष्यंत : भगवन कौशिक को कौन नहीं जानता?

अनुसूया : मेरी सखी के पिता वही हैं। जब यह त्याग दी गई तो तात कण्व ने इसे पिता की तरह पाला-पोसा।

दुष्यंत : त्याग दी गई?

अनुसूया : हाँ आर्य! बहुत दिन हुए, राजर्षि कौशिक उग्र तपस्या कर रहे थे, जिससे देवताओं को भय हुआ तो उन्होंने उनकी तपस्या भंग करने को मेनका नाम की अप्सरा भेजी।

दुष्यंत : दूसरों की तपस्या देखकर देवताओं को भय होता ही है। फिर क्या हुआ?

अनुसूया : वसंत का आगमन था। सुहावना समय, एकांत, मेनका का उन्मादक रूप…

दुष्यंत : अब कहने की आवश्यकता नहीं, तो आपकी सखी अप्सरा से उत्पन्न हुई हैं।

अनुसूया : हाँ, महाराज!

दुष्यंत : मैं भी यही सोच रहा था, मनुष्य जाति की स्त्री से ऐसे रूप की उत्पत्ति हो नहीं सकती। भला कहिए, बिजली की तरल ज्योति क्या पृथ्वी से निकल सकती है? और…

प्रियवंदा : आर्य, मालूम होता है आप कुछ और कहना चाहते थे?

दुष्यंत : आपका अनुमान बिल्कुल ठीक है।

प्रियंवदा : तो अधिक सोच-विचार करने की क्या आवश्यकता? तपस्वियों से पूछने के लिए कोई विशेष नियम नहीं होता।

दुष्यंत : तो सुनिए, आपकी सखी कामदेव की गति रोकनेवाले तपस्वियों का यह वेश विवाह के पहले तक ही रखेंगी या समाननेत्री होने के कारण हिरनों के साथ ही अपना सारा जीवन इसी तरह व्यतीत करेंगी?

प्रियंवदा : अभी मेरी सखी धर्मानुष्ठान में लगी है, लेकिन पिताजी का विचार इसे किसी अनुरूप वर को सौंप देने का है।

शकुंतला : बहन अनुसूये, मैं चली। जाती हूँ और ये सारी ऊटपटाँग बातें माता गौतमी से कहकर रहूँगी।

अनुसूया : अरे, यह क्या? अभी तो इनका अतिथि-सत्कार भी नहीं किया और छोड़ चली। आश्रमवासियों का क्या यही धर्म है?

प्रियंवदा : ओहो, बड़ी गुस्सेवाली बनी है तू, लेकिन तू जा नहीं सकती।

शकुंतला : **(तिनककर)** क्यों?

प्रियंवदा : क्योंकि अभी दो वृक्ष सींचने को जो रह गए हैं। अपना कर्तव्य पूरा कर ले, तो जाना।

दुष्यंत : भद्रे, इन वृक्षों के सींचने से ही आप लोग थक गई हैं। देखिए न इन्हें। **(शकुंतला की ओर)** बार-बार घड़े उठाने से इनकी दोनों हथेलियाँ लाल-लाल हो गई हैं। दोनों कंधे झुके से दीखते हैं। जोर-जोर से साँस लेने के कारण उन्नत वक्षस्थल नीचे-ऊपर हो रहे हैं। मुँह पर पसीने की बूँदें छहर रही हैं, जिनसे कानों के शिरीष-कुसुम चिपक गए हैं और केवल एक हाथ द्वारा लपेटी गई चिकुर-राशि, बंधन खुल जाने से, इधर-उधर बिखरी पड़ी है। रह गई कर्तव्य-पूर्ति की बात तो उसके बदले में लीजिए, यह अँगूठी।

प्रियंवदा : **(अँगूठी लेकर)** यह अँगूठी...

दुष्यंत : यह अँगूठी राजा ने मुझे दी थी। इस पर राजा का नाम है।

प्रियंवदा : बता, अब कैसे जाती है?

[दूर से स्वर सुनाई दे रहा है]

तपस्वियों, सावधान! राजा दुष्यंत इस वन में आखेट करने को आ रहे हैं। उनके घोड़ों की टापों से उड़ी हुई लाल धूल, गीले वल्कल जिन पर सूखने को डाले गए थे, उन वृक्षों पर पड़ रही है। एक पागल हाथी भी भड़का हुआ आ रहा है, जिसका एक दाँत वृक्षों पर आघात करने से टूट गया है। जंगली मृग चारों ओर भाग रहे हैं। सावधान!

अनुसूया : आर्य, अब हमें कुटिया पर जाने की आज्ञा दें। शकुंतले, माता गौतमी घबरा रही होंगी, अब हम लोग चलें।

शकुंतला : अरे, यह क्या? मेरे पैर में यह झिनझिनी-सी लग गई है। मुझसे तो चला नहीं जाता, बहन!

दुष्यंत : आप लोग घबराएँ नहीं, मैं आश्रमवासियों को कष्ट नहीं होने दूँगा।

अनुसूया : आह, हम आपकी सेवा भी नहीं कर सके। फिर दर्शन दीजिएगा महाभाग! चलो, शकुंतले!

शकुंतला : बहन अनुसूये, देखो न इस कुश को भी इसी समय मेरे पैर में

गड़ना था और मेरा वल्कल इस झरबेरी से उलझ रहा है। थोड़ी देर ठहरो, मैं अभी आई। **(सब जाती हैं)**

दुष्यंत : सब चली गई, चली गई। मैं भी चलूँ। इस मुनि-बाला ने चलते-चलाते मेरी अजीब हालत कर दी। अब मेरा शरीर तो आगे जा रहा है और मन? जैसे रेशमी झंडा हवा लगने से पीछे की ओर उड़ता है, मेरा मन भी शरीर की प्रतिकूल दिशा में ही भागा जा रहा है।

2

[अनुराग-सूचक वाद्य के बाद]

दुष्यंत : विघ्न दूर हो जाने के कारण ऋषियों ने हमें जाने की आज्ञा दे दी है, किंतु क्या शकुंतला को छोड़कर जा सकता हूँ? कहाँ है मेरी प्यारी शकुंतला? ओहो, मालूम होता है, वह अभी-अभी इसी रास्ते से गई है, क्योंकि जिनसे फूल तोड़े गए हैं, उन वृंतों की अस्तव्यस्तता गई नहीं है और जहाँ पत्ते तोड़े गए हैं, वहाँ अब भी दूध निकल रहा है! और इस मालिनी की पीली रेत पर जो चरण-चिह्न हैं, वे भी इसी की सूचना देते हैं; क्योंकि वे आगे की ओर उथले और जघन-भार से पीछे की ओर गहरे पड़े हैं! (आगे बढ़कर) अहा! आँखें तृप्त हो गईं! मेरी प्रिया फूलों से बिछी पत्थर की पटिया पर लेटी है। इस लता-ओट से उसकी बातें सुनूँ तो?

अनुसूया : सखि शकुंतले, कमल के पत्तों की हवा अच्छी लगती है न?

शकुंतला : **(सखेद)** यह क्या झल रही हो, सखियों!

अनुसूया : यह तुम्हें क्या हो गया है, शकुंतले?

प्रियंवदा : बहन अनुसूया, उस राजा के दर्शन के बाद ही शकुंतला की यह हालत हो गई है, कोई दूसरी बात नहीं है।

अनुसूया : क्या यह सच है, शकुंतले?

शकुंतला : तुमसे न कहूँगी, तो कहूँगी किससे? किंतु सुनकर···

अनुसूया : कहो, कहो। प्रियजनों में दुःख बाँट देने से वेदना सह्य हो जाती है।

शकुंतला : सचमुच तपोवन की रक्षा करनेवाले राजर्षि जबसे इन नेत्रों के सम्मुख हुए हैं···

अनुसूया : यह लजाने की बात नहीं है, शकुंतले! महानदी समुद्र से ही जाकर मिलती है और नए पत्तोंवाली माधवी-लता आम के वृक्ष का ही सहारा ढूँढ़ती है।

शकुंतला : तो ऐसा उपाय करो कि मैं उनकी रानी···नहीं तो अब मैं बच नहीं···आह! मुझे याद रखना सखियों!

दुष्यंत : **(अलग से ही)** ओहो, कैसी दशा हो गई है इसकी! मुँह सूख गया है, गाल धँस गए हैं। वक्षस्थल शिथिल पड़ गए हैं, कटि और भी पतली हो गई है। कंधे झुक गए हैं और देह पीली पड़ गई है! किंतु इसकी यह करुणमूर्ति भी कितनी सुंदर लग रही है!

प्रियंवदा : बहन अनुसूये, तुरंत ही कोई उपाय करना है!

अनुसूया : लेकिन कैसे? क्या राजा···

प्रियंवदा : मैंने राजा की आँखें देखी हैं सखि! और, तुमने ध्यान नहीं दिया, वह भी दुबले हुए जा रहे हैं!

अनुसूया : तो क्या किया जाए?

प्रियंवदा : शंकुतले, तुम एक प्रेमपत्र उन्हें लिखो! मैं फूलों में छिपाकर, देवता के प्रसाद के बहाने, उनके पास पहुँचा दूँगी।

अनुसूया : हाँ, ठीक, ठीक!

शकुंतला : किंतु, कहीं उन्होंने उसका तिरस्कार किया तो?

प्रियंवदा : अपने गुणों का आप अपमान करने वाली लाड़िली! संसार में ऐसा कौन होगा जो शरद की तापहारिणी स्निग्ध ज्योत्स्ना को छाता लगाकर अपने ऊपर आने से रोके?

शकुंतला : अच्छा, तो मैं तैयार हुई? लेकिन, सखियों, लिखूँ तो किस चीज पर, किस तरह! लिखने की सामग्री तो यहाँ है ही नहीं!

प्रियंवदा : सुग्गे की छाती की तरह, कोमल इस कमलिनी के पत्ते पर एक-एक पद अलग-अलग करके नखों से लिख डालो।

शकुंतला : लो, लिख डाला सखियों!

अनुसूया : सुनाओ, सुनाओ!

शकुंतला : "ओ निठुर, मैं तुम्हारे हृदय को तो नहीं जानती, किंतु मैंने अपनी सारी अभिलाषाएँ तुम्हारे हाथों में सौंप दी हैं। ऐसी अवस्था में मदन-देवता दिन-रात मुझे तपाता रहता⋯"

दुष्यंत : प्रकट होने के लिए फिर ऐसा सुअवसर कौन होगा? **(प्रकट होकर)** "आर्ये कृशांगि, तुझे तो वह सिर्फ तपाता-भर है; लेकिन मुझे तो जलाए डाल रहा है। सूर्यदेवता जितना मलिन चंद्रमा को बना देता है, उतनी कमलिनी को नहीं।"

अनुसूया : ओहो, आप आ गए! जिनके द्वारा कामना पूरी हो सकती है, उन्हें यहाँ आने में कष्ट तो नहीं हुआ?

शकुंतला : **(उठना चाहती है)**

दुष्यंत : बस, बस, कष्ट करने की आवश्यकता नहीं। जिनसे करवटें बदलने के कारण फूलों की पंखुड़ियाँ दलमल गई हैं और मृणाल के कंकण मर्दित हो गए हैं, गुरुतर संताप से पीड़ित आपके ये अंग लोकाचार पालन करने में समर्थ नहीं रह गए हैं, सुंदरि!

अनुसूया : इसी पत्थर की पटिया पर आप भी बैठ जाइए, महाभाग!

दुष्यंत : लीजिए, मैं बैठ गया। अब तो आपकी सखी का ताप कुछ कम हुआ?

प्रियंवदा : ओषधि मिली, तो ज्वर उतरेगा ही!

अनुसूया : राजन्य, यद्यपि आप दोनों का अनुराग प्रकट है, तथापि एक निवेदन⋯

शकुंतला : सखि, अंत:पुर के वियोग से उत्कंठित राजर्षि से कुछ निवेदन करना क्या समुचित होगा?

दुष्यंत : मेरे इस अनन्य-परायण हृदय को, ओ हृदयहारिणी, यदि किसी दूसरी जगह आरोपित करोगी तो समझ लो, खंजननयने कि कामदेव द्वारा मारा गया मैं तो दुहरा मारा जाऊँगा।

अनुसूया : बात यों है कि हम सुना करती हैं, राजाओं की बहुत सी प्रेमिकाएँ हुआ करती हैं⋯

दुष्यंत : हुआ करें, ऋषिकन्याओ! लेकिन मेरे कुल की मर्यादा के अनुरूप मेरी दो ही प्रेयसी हो सकती हैं—एक तो समुद्रवेष्टित यह पृथ्वी या आपकी यह प्यारी सखी!

अनुसूया : धन्य महाजन, धन्य! अब हम निश्चित हुईं।

प्रियंवदा : बहन अनुसूये, देखो, वह हिरन का बच्चा अपनी माँ से बिछुड़कर बितला रहा है; चलो, हम उसे माँ से मिला दें।

शकुंतला : मुझे यहाँ अकेली छोड़कर···

प्रियंवदा : अरी, तुम्हारे निकट पृथ्वीनाथ बैठे हैं, तो भी तुम अकेली?
[सखियाँ जाती हैं।]

दुष्यंत : वे चली गईं, तो भी घबड़ाने की क्या बात है? आपकी सेवा के लिए मैं हूँ ही। कहिए तो इस जल-विदु-शोभित क्लांतिहारी शीतल कमल-पत्र से आप पर पंखा झलूँ या नवल कमल पुष्प से लाल-लाल इन चरणों को अपनी गोद में···

शकुंतला : रहने दीजिए, राजर्षि! मुझे अपराधिनी मत बनाइए! मुझे भी जाने दीजिए!

दुष्यंत : (स्वगत) धन्य हैं ये वन-कन्याएँ! इच्छा रखते हुए भी इनका प्रतिकूल व्यवहार होता है, मिलन-सुख की कामना करती हुई भी ये आत्मसमर्पण से घबड़ाती हैं। दुनिया को कामदेव सताता है, ये उसे भी सता मारती है!

शकुंतला : मैं चली महाराज!

दुष्यंत : क्या सच! तो जाते-जाते··· **(आँचल पकड़ने की चेष्टा)**

शकुंतला : पुरुवंशी, शिष्टाचार की रक्षा कीजिए। देखते नहीं, चारों ओर ऋषि लोग आ-जा रहे हैं।

दुष्यंत : ऋषिकन्याओं का गांधर्व विवाह सदा से होता आया है, सुंदरि! ऋषि कण्व भी यह सुनकर प्रसन्न ही होंगे!

शकुंतला : क्षमा कीजिए, मैं चली। आपकी इच्छापूर्ति न कर सकी···किंतु सिर्फ संभाषण से परिचित इस दासी को न भूलिएगा।

दुष्यंत : सुंदरी, जैसे दिन ढलने पर छाया वृक्ष से दूर चली जाती है,

किंतु तो भी उसके मूल को नहीं छोड़ती; उसी प्रकार तुम दूर भले ही चली जाओ, किंतु मेरे हृदय को नहीं छोड़ सकोगी!

शकुंतला : **(कुछ आगे बढ़ने के बाद)** अरे, यह क्या? मेरा मृणाल-कंकण कहाँ गिर पड़ा? (लौटकर) महाराज, क्या आपने मेरा मृणाल-कंकण देखा है? तो दीजिए और देखिए कहीं ऋषियों की नजर न हम पर पड़ जाए।

दुष्यंत : पाया है और दूँगा, लेकिन एक शर्त।

शकुंतला : कौन सी शर्त?

दुष्यंत : मैं स्वयं पहना दूँ इसे!

शकुंतला : उफ, आप तो···अच्छा, यही सही! **(हाथ बढ़ाती है)**

दुष्यंत : (हाथ पकड़कर) अहा, कितना सुंदर स्पर्श है। शिव ने कामदेव को जला दिया; तो विधाता ने उसे पर अमृत छिड़ककर यह नवांकुर उत्पन्न किया है?

शकुंतला : आर्यपुत्र, शीघ्रता कीजिए!

दुष्यंत : आपने क्या कहा, आर्यपुत्र! तो···

शकुंतला : तो···तो क्या आर्यपुत्र!

दुष्यंत : अपने इन सुंदर, स्पंदित, अछूते अधरों···**(चूमने की चेष्टा करता है)**

[नेपथ्य से एक आवाज]

आवाज : ओ चकवी, रात हो गई, अब अपने चकवे को विदा करो!

शकुंतला : आर्यपुत्र! विदा, विदा! आर्या गौतमी शायद मेरा हाल जानने को पधार रही हैं, इसीलिए सखियों ने संकेत किया है! विदा, विदा, आर्यपुत्र!

3

[भय-सूचक वाद्य के बाद]

अनुसूया : आखिर शकुंतला को अनुकूल वर प्राप्त हुआ; किंतु भय होता है, प्रियंवदे कि राजा अपनी राजधानी में जाकर अपनी पटरानियों

में कहीं शकुंतला को भूल न जाएँ!

प्रियंवदा : नहीं, नहीं, उनके ऐसे रूप गुणवाले पुरुष धोखा नहीं दे सकते। बहन, मुझे तो भय है पिता कण्व का!

अनुसूया : वह तो प्रसन्न ही होंगे। लड़की को योग्य वर मिले, पिता को इससे बढ़कर और किसी दूसरी बात से प्रसन्नता नहीं होती।

प्रियंवदा : भगवान करें, ऐसा ही हो, तो बहन, हम लोग अब काफी फूल चुन चुके, अब आश्रम में चलें।

अनुसूया : काफी? अरी, आज शकुंतला के सौभाग्य-देवता की भी तो पूजा करनी है! कुछ और चुन, ओहो यह क्या? कोई अतिथि पुकार रहे हैं!

[नेपथ्य से दुर्वासा का स्वर]

दुर्वासा : ओ, देख; मैं हूँ, मैं!

प्रियंवदा : हाँ, कोई अतिथि मालूम होते हैं, तो क्या हुआ, शकुंतला तो वहाँ है ही।

अनुसूया : है तो, लेकिन उसका शरीर ही है वहाँ, मन तो राजा के साथ गया!

[नेपथ्य से फिर दुर्वासा का स्वर]

दुर्वासा : ओरी; तू अतिथि का निरादर करती है तो ले··· जिसके ध्यान में तूने तपस्वी का निरादर किया है, वह बार-बार याद दिलाने पर भी तुझे उस तरह भूल जाएगा, जिस तरह पागल अपनी कही गई बात भूल जाता है!

प्रियंवदा : हाय, हाय, वही हुआ, जिसकी आशंका थी! मालूम होता है, शून्यहृदया शकुंतला किसी पूज्य व्यक्ति से कोई अपराध कर गई!

अनुसूया : और कौन होगा; तुनुकमिजाज दुर्वासा ऋषि होंगे! वह देखो, इतना बड़ा वज्रपात करके किस तरह जल्दी-जल्दी पैर बढ़ाते हुए चले जा रहे हैं।

प्रियंवदा : हाँ, आग के सिवा दूसरा और कौन जला सकता है? लेकिन, बहन अनुसूये, तुम जाकर उन्हें शांत करो, हाय···

[जाती है]

अनुसूया : आपके पैरों पड़ती हूँ भगवान्! उसे क्षमा दीजिए, वह एक भोली बालिका है, तपस्वी का प्रभाव बेचारी क्या जाने? फिर उसका यह पहला अपराध है महर्षि!

दुर्वासा : मेरी बात अन्यथा नहीं हो सकती! लेकिन तू गिड़गिड़ा रही है, तो जा, जब उसके प्यारे को कोई याद दिलाने वाला अलंकार दिखाया जाएगा, तब शाप की निवृत्ति हो जाएगी। हटो, मैं चला!

[दुर्वासा क्षिप्र वेग से चले जाते हैं]

प्रियंवदा : अब कुछ धीरज हुआ! राजा ने चलते समय एक अँगूठी शकुंतला को दी है, अब यह अँगूठी ही उसकी रक्षिका सिद्ध होगी।

अनुसूया : किंतु प्रियंवदे, यह बात अभी हमीं दोनों के बीच रहे, क्योंकि कोमल-हृदया शकुंतला इस शाप की कथा सुनकर क्या जीवित रह सकेगी?

प्रियंवदा : देखो तो वहाँ बहन शकुंतला किस तरह बाएँ हाथ पर गाल रख तसवीर की तरह बैठी है! आह! प्रियतम के ध्यान में वह इतनी निमग्न है कि यह जान भी न सकी कि उसके सिर पर कौन सा बादल अभी-अभी उमड़कर गाज गिरा गया है।

4

[करुण स्वर में वाद्य के बाद]

कण्व : आज शकुंतला जाएगी। इस कल्पना ने ही मेरे हृदय को विषाद से भर दिया है। आँसुओं को रोकता हूँ, तो वे गले को गीला कर आवाज को रूँध देते हैं। सामने की चीजें भी धुँधली हुई जा रही हैं। मैं वनवासी हूँ, तो भी स्नेह से इतना विह्वल हो रहा हूँ, तो गृहस्वामी अपनी कन्या को विदा करते समय दुखी होते होंगे!

गौतमी : बेटी शकुंतले, देख, वह तुम्हारे पिता आ रहे हैं, उनकी आँखों में डबडबाए आँसू तुम्हारे आलिंगन को व्याकुल हैं। उठ, आशीर्वाद ले!

शकुंतला : **(चरणों में लिपटी हुई)** पिताजी! **(गला भर आता है)**

कण्व : बेटी! भगवान् तुम्हारा कल्याण करें! जैसे शर्मिष्ठा ने ययाति का प्रेम प्राप्त किया और पुरु की तरह तुम्हें भी सम्राट् पुत्र प्राप्त हो!

गौतमी : बेटी, महर्षि कण्व ने यह आशीर्वाद नहीं दिया है, बल्कि वरदान दिया है तुम्हें।

कण्व : बेटी, जिसमें तुरंत आहुति पड़ी है, इस यज्ञाग्नि की प्रदक्षिणा कर लो! यह यज्ञाग्नि तुम्हारा मंगल करे और इसकी हवि की सुगंध की तरह तुम्हारी कीर्ति दिग्दिगंत में फैले। ओ सारंगरव, ओ शारद्वत! इधर आओ बेटे!

दोनों शिष्य : गुरुदेव!

कण्व : पुत्रो, अपनी बहन को मंगल-पथ पर ले जाओ!

दोनों शिष्य : बहन शकुंतले, हम अब चलें।

कण्व : ओ तपोवन के तरुओ! जो शकुंतला तुम्हें सींचे बिना जल भी नहीं पीना चाहती थी; जो अलंकार की अनुरागिनी होने पर भी मारे स्नेह के तुम्हारे पल्लवों को नहीं तोड़ती थी; तुम्हारे पहले फूल को देखकर जो उत्सव मनाने लगती थी, वह आज अपने पति के घर जा रही है, तुम लोग उसे आज्ञा दो!

और बेटी! कमल के पत्तों से हरे-भरे सरोवर, तुम्हारे मार्ग को सुंदर बनाएँ, घनी छायावाले वृक्ष सूर्य के ताप से बचाएँ, रास्ते की धूल में कमल-पराग की कोमलता हो और शांत-स्निग्ध पवन तुम्हारे पीछे-पीछे पंखे झलता हुआ चले।

[कोयल का स्वर]

सारंगरव : अरे, यह कोयल कूक उठी! पिताजी, आपकी आज्ञा मानकर वन-देवता ने इस कूक के बहाने शकुंतला को विदा का संदेश दे दिया!

गौतमी : हाँ, हाँ, बेटी! वन-देवता ने तुम्हें जाने की अनुमति दे दी, उन्हें प्रणाम करो।

शकुंतला : सखि प्रियंवदे, आर्यपुत्र की दर्शन-लालसा मुझे आगे खींच रही है, किंतु आह, मेरे गैर इस आश्रम को छोड़ने के लिए उठ नहीं रहे हैं!

प्रियंवदा : तुम्हारी ही यह दशा नहीं है सखि, सारे आश्रम को देखो—हिरनी चबाती हुई कुश को उगल दे रही है, नाचती हुई मयूरी अचानक रुक गई और लताएँ पीले पत्ते गिराकर मानो आँसू टपका रही हैं।

शकुंतला : पिताजी, मुझे इस लता-बहन माधवी से अनुमति लेने दीजिए!

कण्व : मैं जानता हूँ बेटी, तुम्हारा उस पर कितना स्नेह है। देख, वह तुम्हारी दाहिनी ओर है!

शकुंतला : **(लता से लिपटती हुई)** बहन माधवी, अपनी शाखा-बाहुओं से मुझे कस लो, क्योंकि आज से फिर भेंट नहीं होगी हमारी-तुम्हारी! बहन अनुसूये, सखि प्रियंवदे, इस माधवी लता को तुम्हें ही सौंपे जा रही हूँ, सखियों!

अनुसूया : **(कातर स्वर में)** किंतु हमें किसे सौंपे जा रही हो सखि!

प्रियंवदा : (रोती हुई) प्यारी सखि! ओह, हमें किसे सौंपे जा रही हो!

कण्व : बेटी अनुसूये, प्रियंवदे! तुम लोग यह क्या कर रही हो। रोओ मत बेटियो···शकुंतला को ढाढ़स बँधाओ!

शकुंतला : **(आँसू पोंछती हुई)** गर्भ-भार के कारण आश्रम के आस-पास ही मंद-मंद घूमती रहनेवाली यह हिरनी जब सुखपूर्वक बच्चा दे ले, तो उसकी खबर मुझे अवश्य दीजिएगा, भूलिएगा नहीं पिताजी!

कण्व : तुम्हारा अंतिम आग्रह, और मैं भूलूँ?

शकुंतला : और यह कौन मेरे पैरों से लिपटकर मेरा आँचल खीच रहा है!

कण्व : कुश के नुकीले अग्रभाग से जिसका मुँह छिल जाने पर तुमने बार-बार इंगुदी का तेल लगाकर जिसे अच्छा किया, जो तुम्हारे हाथ के एक मुट्ठी साँबे पर पलकर इतना बड़ा हुआ, जो तुम्हारे पुत्र सा ही लगता था, वह मृगछौना आज तुम्हारा रास्ता रोके खड़ा है, बेटी!

शकुंतला : बेटा, जो तुम्हें छोड़कर जा रही है, उसका पीछा तू क्यों कर रहा है रे? जब तेरी माँ मर गई थी, मैंने तुझे पाला-पोसा था, अब पिताजी तेरी खोज-खबर लेंगे, इसलिए जा, पिताजी के पीछे लग

बेटा! **(रोती हुई चलती है)**

कण्व : बेटी, रोओ मत! स्थिर हो और रास्ता देखो। तुम्हारी बरौनियाँ ऊपर उठ गई हैं; इसलिए इन आँसुओं के कारण तुम रास्ता ठीक से देख नहीं पातीं; इस उबड़-खाबड़ में तुम्हारे पैर लड़खड़ा रहे हैं!

सारंगरव : गुरुदेव, प्रियजन को जलाशय तक ही पहुँचाना चाहिए! देखिए, यह सरोवर आ गया।

अनुसूया : शकुंतले, तपोवन में ऐसा कोई सहृदय प्राणी नहीं है, जो तुम्हारे वियोग से दु:खी न हो। कमलपत्र की ओट में पड़ी चकई पुकारे जा रही है, लेकिन तो भी वह चकवा बोल नहीं रहा है। अपने मुख में मृणाल रखे किस कातर दृष्टि से वह तुम्हारी ओर देख रहा है?

शकुंतला : **(सिसकती है)**

कण्व : बेटी, चुप हो! चलते समय तुम्हे एक शिक्षा देना अपना कर्तव्य समझ रहा हूँ। जाओ, सुख से अपने पति के घर पहुँचो। वहाँ गुरुजनों की सेवा में नहीं चूकना; सौतों को भी प्रिय सखी समझना; पति कदाचित् अपमान करे तो भी क्रोध करके उनसे मत झगड़ बैठना; दास-दासियों से उदारता का व्यवहार रखना और अपने सौभाग्य पर कभी गर्व नहीं करना! बेटी, यही कुल-कामिनियों का धर्म है।

गौतमी : हाँ बेटी, इससे बढ़कर नारी के लिए कोई दूसरा उपदेश नहीं हो सकता।

कण्व : बेटी, आओ, फिर हम मिल लें।

शकुंतला : पिताजी, मलय-पर्वत से उखाड़ी गई चंदन-लता की तरह आपकी गोद से दूर होकर मैं किस तरह जी सकूँगी? आह!

कण्व : अधीर मत हो बेटी! पति का अपार स्नेह पाकर, भरे-पूरे घर की गृहिणी बनकर और पूर्व दिशा की तरह सूर्य सा प्रतापी पुत्र पाकर तुम विरह-दु:ख को शीघ्र भूल जाओगी, बेटी!

शकुंतला : पिताजी! प्रणाम पिताजी!

कण्व : तेरी इच्छा पूरी हो, बेटी!

शकुंतला : बहन अनुसूये, प्यारी प्रियंवदे, तुम लोग भी एक बार फिर मिल लो बहन!

[दोनों मिलती हैं]

अनुसूया : राजा को यदि पहचानने में कठिनाई हो, तो वह अँगूठी दिखा देना!

शकुंतला : तुम्हारी इस बात से तो मेरा हृदय काँप उठा!

प्रियंवदा : डरो नहीं सखि, प्रेम में खटका हुआ ही करता है!

सारंगरव : देवि, अब बेला बहुत चढ़ गई, अब शीघ्रता की जाए!

शकुंतला : पिताजी; भूलिएगा नहीं!

कण्व : (ठंडी साँस लेकर) पर्णकुटी के द्वार पर तुम्हारे हाथों से लगाए नीवार में जब तक कोंपले आती रहेंगी, तब तक तुम्हें किस तरह भूल सकूँगा, बेटी। अच्छा, जाओ, शिवास्ते संतु पन्थानः।

5

[विरह-सूचक वाद्य-ध्वनि के बाद]

दुष्यंत : आह! जब उस मृगनयनी ने बार-बार अपने प्रणय की याद दिलाई, तब तो, ओ मेरे हृदय, तू सोया रहा और अब उसे पा नहीं सकता, तो संताप भोगने के लिए जाग्रत् हो गया है।

कंचुकी : महाराज की जय हो, जय हो!

दुष्यंत : जाकर मंत्री से कह दो कि आज मैं धर्मासन पर नहीं बैठ सकूँगा। रात को बड़ी देर तक जगा रहा। जो काम हो, उसकी सूचना मेरे पास भेज दें।

विदूषक : अच्छा हुआ कि आपने इन मक्खियों को झाड़-बुहारकर अलग कर दिया। अब इस मनोहर प्रमद-वन में थोड़ी देर आनंद कीजिए।

दुष्यंत : मित्र, ठीक कहा गया है कि विपत्तियाँ जरा सा सूराख पाकर ही आ धमकती हैं। जिसने शकुंतला की याद में बाधा पहुँचाई, वह

मोह मुझे छोड़ भी न सका था कि देखो, यह कामदेव अपने धनुष पर आम्र-मंजरी का बाण चढ़ाकर सामने आ खड़ा हुआ है। अब आनंद कहाँ!

विदूषक : कहिए, मैं अपनी लाठी से कामदेव के इस बाण को अभी तोड़े-फोड़े डालता हूँ।

दुष्यंत : रहने दो अपनी वीरता। आह! यह अँगूठी! तू अब तक कहाँ थी? अपनी प्रियतमा को मुझसे अकारण छुड़वाकर अब मेरे हाथ में आई है। उफ, आज शकुंतला के उस प्रथम मिलन का सारा वृत्तांत मुझे याद आ रहा है। मित्र, मित्र, मेरी रक्षा करो!

विदूषक : महाराज, आपके लिए ऐसा विचलित होना शोभनीय नहीं, प्रबल झंझा में भी पर्वत नहीं हिलता-डुलता है, महाराज!

दुष्यंत : ओहो, जब बार-बार याद दिलाए जाने पर भी मैंने उसका परित्याग कर दिया और वह निराश हो जब मुनियों-शिष्यों के साथ लौटने लगी तो उन्होंने भी उसे डाँट दिया और कहा, कि तुम्हें यहीं रहना होगा। तब वह खड़ी हो गई! उस समय आँखों में आँसू भरकर मुझ निष्ठुर की ओर जिस करुण दृष्टि से उसने देखा था, वह विष से बुझे तीर की तरह आज भी मेरे हृदय को जर्जर कर रही है, मित्र!

विदूषक : महाराज! इस विषय में मुझे आपसे कुछ पूछना है। हाँ, तो उसे कोई आकाशचारी उड़ाकर ले गया था न?

दुष्यंत : सखे और कौन उस पतिव्रता का शरीर स्पर्श कर सकता था? मैंने शकुंतला की सखियों से सुना था, मेनका उसकी माता है। मुझे ऐसा लगता है कि मेनका की कोई अप्सरा सखी या स्वयं मेनका ही उसे उड़ा ले गई।

विदूषक : यदि ऐसा है तो आप धैर्य रखें। समय पाकर वह आपसे अवश्य मिलेगी?

दुष्यंत : कैसे?

विदूषक : माँ-बाप अपनी बेटी को पति-वियोग से व्याकुल अधिक दिनों

तक नहीं देख सकते।

दुष्यंत : क्या सच? मुझे तो ऐसा लग रहा है मित्र कि शकुंतला का वह मिलन या तो सपना था, या जादू, या भ्रम, या मेरे किसी पूर्वजन्म का पुण्यफल। आह, मेरी सारी आशाएँ ऊँचे पहाड़ से गिरकर जैसे चूर-चूर हो गई हैं।

विदूषक : ऐसा न कहिए महाराज। यह अँगूठी ही बतलाती है कि उसका मिलन भी अवश्य होगा और इसी तरह एकाएक और अचानक!

दुष्यंत : मुझे तो इस अँगूठी पर बहुत तरस आता है! तेरी काया के समान तेरा पुण्यफल भी क्षीण है; नहीं तो शकुंतला के लाल-लाल नखोंवाली उँगली में स्थान पाकर फिर तू क्यों गिर पड़ती?

विदूषक : अच्छा यह तो बताइए, आपने यह अँगूठी दी थी किस उद्देश्य से?

दुष्यंत : बड़ी करुण कहानी है मित्र! जब मैं तपोवन से विदा ले रहा था तब मेरी प्रियतमा ने आँखों में आँसू भरकर रुँधे गले से कहा था कि अब कितने दिनों बाद मुझे याद कीजिएगा, आर्यपुत्र! तब यह अँगूठी मैंने उसकी उँगली में डालते हुए कहा था··

विदूषक : अरे, आपका भी गला भरा आ रहा है! अच्छा! आपने क्या कहा?

दुष्यंत : मैंने कहा कि प्रिये, इस अँगूठी पर अंकित मेरे नाम के एक-एक अक्षर एक-एक दिन में गिनती जाना। गिनती पूरी भी नहीं होगी कि हमारे अंतःपुर से कोई आज्ञाकारी सेवक तुम्हें बुलाने यहाँ आ पहुँचेगा। लेकिन आह! न जाने किस अभिशापवश मैं ये सारी बातें भूल गया?

विदूषक : किंतु महाराज, यह तो अँगूठी थी, बंसी नहीं। फिर यह उस रोहू मछली के पेट में कैसे पहुँच गई?

दुष्यंत : जब मैंने तिरस्कार की हद कर दी तो तपस्विनी गौतमी ने कहा कि बेटी, तू वह अँगूठी क्यों नहीं दिखलाती? उस समय शकुंतला ने अपनी उँगली की ओर नजर की और चिल्ला पड़ी, "आह! क्या हुई मेरी अँगूठी?" वह सोचती थी, जलदेव की वंदना करते

समय गंगाजी की धारा में तो नहीं गिर गई? ओरी अँगूठी! जिसकी उँगलियाँ कोमल और सुंदर थीं, उन हाथों को छोड़कर तू जल में क्यों पहुँच गई? लेकिन तू तो अचेतन थी, मैं चेतन प्राणी होकर भी अपनी प्रिया का किस तरह त्याग कर सका?

[दासी का प्रवेश]

दासी : महाराज! यह महारानी का चित्रपट है, लीजिए।

दुष्यंत : आह! इस चित्र में भी मेरी प्रियतमा कितनी सुंदर लग रही है? नेत्र के दोनों प्रांतभाग विस्तृत हैं ही, आँखें भी वैसी ही बड़ी-बड़ी हैं। जरा सी टेढ़ी होने के कारण भवें और भी सुंदर लग रही हैं। दाँतों से फूटनेवाली हास्य-किरणों से दोनों होंठ जगमग हो रहे हैं। वे होंठ, जो पके बेर के समान लाल-लाल हैं। हास-विलास से पूर्ण मुखारविंद कितना सुंदर लगता है और उस पर पसीने की बूँदें निकलने से ऐसा मालूम पड़ता है, मानो कांति चूई पड़ती हो। यद्यपि यह चित्र है, तो भी मालूम होता है, मेरी प्रिया अब बोल उठेगी!

विदूषक : ठीक महाराज, ठीक। अपनी प्रियतमा का चित्रण करने में आपने कमाल किया है। ऐसा मालूम पड़ता है कि इसमें अपने प्राणों का भी संचार कर दिया है।

दुष्यंत : चित्र-निर्माण करते समय जिस अंग में सुंदरता नहीं रहती है, उसमें भी लाई जाती है, लेकिन इस चित्र से शकुंतला का सौंदर्य बढ़ा नहीं, बल्कि कुछ घट ही गया है। अच्छा मित्र, तुम बताओ तो चित्र की इन तीनों मूर्तियों में तुम शकुंतला किसको समझते हो?

विदूषक : जिसके केश-कलाप का बंधन शिथिल पड़ गया है, जिससे कुछ फूल गिर पड़े हैं, जिसके मुख पर पसीने की बूँदें झलक रही हैं, जिसकी बाहु-लता का ऊपरी भाग अवनत दिखाई पड़ रहा है, जिसके वस्त्र का बंधन भी ढीला पड़ गया है और कुछ थकी सी होने पर भी जो वृक्षों को जल दे रही है, इस चिकने से छोटे

आमवृक्ष के निकट जिसका चित्र है; निश्चय वही शकुंतला है, महाराज!

दुष्यंत : तुम बड़े चतुर हो मित्र! देखो, इस चित्र में मेरे भी भाव अंकित हैं। पसीने से तर उँगली रखने के कारण चित्र के प्रांत भाग में नीली रेखा दीख पड़ रही है और कपोल पर अश्रु-बिंदु गिर गया है, जिससे वहाँ का रंग मैला हो गया है।

विदूषक : महाराज! क्या इसमें अभी और कुछ चित्रित करना है?

दुष्यंत : हाँ, हाँ। जिसके तट पर हंस-दंपती बैठे हों, मालिनी नदी चित्रित करनी है। उसके पास, जहाँ चँवरी गाय और हिरन बैठे हों, ऐसे हिमालय का पद-प्रदेश अंकित करना है। फिर जिसकी शाखा पर वल्कल-वसन सूख रहे हों, उस वृक्ष के नीचे एक हिरनी चित्रित करूँगा, जो कृष्णसार-मृग के सींग से अपनी बाईं आँख खुजला रही हो।

विदूषक : क्षमा करें महाराज, कहीं लंबी दाढ़ीवाले तपस्वियों के चित्र से न आप इस चित्रकूट को पूरा करें?

दुष्यंत : सचमुच अभी और बहुत-कुछ बनाना रह गया है, सखे!

विदूषक : अरे रे महाराज! यह क्या? यह दुष्ट भ्रमर! यह भ्रमर इस मुख-कमल के रस-पान के लिए कहाँ से टूट पड़ा?

दुष्यंत : भ्रमर! धृष्टता न कर। जिन अधरों का रस-पान करते समय रति-काल में भी मैंने दया से काम लिया, अब उसी पर तू डंक मारना चाहता है? मैं तुझे कमल-संपुट के कारागार में बंद करा दूँगा, सावधान!

विदूषक : महाराज! इतना क्रोध? यह चित्र है चित्र!

दुष्यंत : चित्र! चित्र!! ओह, तुमने कैसी मूर्खता कर दी मित्र? मैं इसे साक्षात् शकुंतला समझकर तन्मय हृदय से दर्शन-सुख का अनुभव कर रहा था! चित्र की याद दिलाकर मेरी प्रिया को सचमुच तुमने चित्र बना दिया। ओह!

विदूषक : महाराज, यों आँसू!

दुष्यंत : आँसू! उफ!! रात जागते कटती है, जिससे स्वप्न में भी उसे नहीं देख पाता और ये आँसू तो चित्रमयी शकुंतला को भी अच्छी तरह देखने नहीं देते!

[दासी का प्रवेश]

दासी : महाराज! मंत्री ने कहला भेजा है, एक धनाढ्य सौदागर निःसंतान मर गया है। क्या उसका धन राज्य में लगा लिया जाए?

दुष्यंत : आह! संतान के अभाव में मेरी इस राज्य-संपत्ति की भी तो यही दशा होगी! **(उसाँसें लेते हैं)**

6

[मिलन-सूचक कोमल रागिणी की ध्वनि के बाद]

एक तपस्विनी : यह चंचलात छोड़! तू हर जगह अपना स्वभाव दिखाता रहता है।

दुष्यंत : इस तपोभूमि में कौन यह अशिष्ट आचरण कर रहा है? और, यह मेरी दाहिनी भुजा क्यों फड़की? और मेरी भुजे, जब तूने मंगल का तिरस्कार कर दिया, तो फिर व्यर्थ फड़ककर मुझे क्यों कष्ट दे रही है?

पहली तपस्विनी : अरे तू सुनता नहीं! छोड़ दे इसे!

दुष्यंत : ओहो, यह तो अजीब दृश्य! बच्चा सिंह-शावक को उसकी माँ के स्तन से छीनकर गोद में लिये खड़ा है, सिंहनी गुर्रा रही है, सिंह-शावक के केसर अस्त-व्यस्त हो रहे हैं। दो तपस्विनियाँ मना कर रही हैं!

बालक : ओ शेर-बच्चे, तू मुँह फैला; मैं तेरे दाँत गिनूँगा।

पहली तपस्विनी : दुष्ट, हमारे बच्चों की तरह सभी बच्चों को तू क्यों तंग करता फिरता है? देख रही हूँ, तेरी शैतानी दिन-दिन बढ़ती जाती है!

दुष्यंत : अरे, इस बच्चे को देखकर क्यों मेरे हृदय में पुत्र-स्नेह उमड़ा पड़ता है?

दूसरी तपस्विनी : सर्वदमन, इसे छोड़ दे! नहीं तो देख, वह सिंहनी गुर्रा रही है; अब वह तुझ पर टूटेगी ही?

बालक : टूटेगी ही? ओहो, मुझे डर लग रहा है मौसी!

दूसरी तपस्विनी : शोख! उलटे मुझे चिढ़ा रहा है!

दुष्यंत : यह चिनगारी एक दिन अग्नि-ज्वाला बनेगी। भविष्य में यह बालक प्रतापी बनकर रहेगा!

पहली तपस्विनी : मैं तुझे खिलौने दूँगी लल्ला, इसे छोड़ दे!

बालक : लाओ, कहाँ है खिलौना?

दुष्यंत : खिलौने का नाम सुनकर ही बच्चे ने किस तरह हाथ फैला दिया। नव उषा ने जिसकी पंखुड़ियाँ अभी-अभी खोली हैं, ऐसी कमलिनी सी इसकी हथेली! अरे, हथेली पर चक्रवर्ती की रेखा यहाँ से ही दीख पड़ती है!

पहली तपस्विनी : इस भुलावे में नहीं रखा जा सकता है, सुव्रते! मेरी कुटिया में मयूर की एक रंगीन मूर्ति है, उसे ले आओ।

बालक : माँ, मौसी, तब तक मैं इस शेर-बच्चे से खेल रहा हूँ!

दुष्यंत : इच्छा होती है, इस बच्चे को गोद में उठा लूँ। अहा, अकारण हँसने से जिसके नए-नए दाँत कभी-कभी दिखाई देते हैं, तोतली बोली में जिसके वाक्य बड़े मीठे लगते हैं, गोद में लेने के लिए जो बार-बार आग्रह करता है, ऐसे बच्चे के अंग की धूल से भाग्यवानों के ही शरीर धूसरित होते हैं!

पहली तपस्विनी : क्यों रे, तू मेरी बात नहीं मानेगा? कोई ऋषिकुमार यहाँ है? अहा! आप? तो आर्य-श्रेष्ठ, आप ही आकर मेरी मदद कीजिए। बच्चे के हाथ से इस सिंह-शावक का छुड़ाना मेरे लिए कठिन हो रहा है।

दुष्यंत : जैसी आज्ञा! क्यों महर्षिपुत्र···

पहली तपस्विनी : यह महर्षिपुत्र नहीं है आर्य! लेकिन आपको देखते ही यह इतना शांत क्यों हो गया? और इस बच्चे की आकृति भी आपसे कितनी मिल रही है!

दुष्यंत : यह मुनिकुमार नहीं, तो किस कुल का दीपक है!

तपस्विनी : पुरु-वंश का।

दुष्यंत : पुरु-वंश का? लेकिन पुरुवंशी तो प्रथम अवस्था में पृथ्वीपालन के लिए भव्य-दिव्य राजाप्रसाद में रहते हैं, वृक्षों की छाया को तो वे चौथेपन में अपनाते हैं।

तपस्विनी : इसकी माँ का संबंध एक अप्सरा से है, इसी से उन्होंने इसे देवगुरु कश्यप के आश्रम में प्रसव किया है।

तपस्विनी : कौन उसका नाम ले, जिसने अपनी धर्मपत्नी का त्याग कर दिया!

दूसरी तपस्विनी : सर्वदमन, ले यह खिलौना; देख तो इस शकुंत का लावण्य!

बालक : शकुंत···ला···कहाँ है मेरी माँ?

दूसरी तपस्विनी : (हँसती हुई) मैं तेरी माँ शकुंतला के बारे में नहीं कह रही थी। इस शकुंत, मयूर के बारे में···

दुष्यंत : आह! यह क्या सुन रहा हूँ?

पहली तपस्विनी : सुव्रते, सुव्रते, यह क्या हुआ? इसके हाथ का रक्षासूत्र कहाँ गिर गया, सखि!

दुष्यंत : यहाँ पड़ा है, सिंह-शावक से संघर्ष करते समय शायद गिर गया था! यह लीजिए।

पहली तपस्विनी : मत छुइए, मत छुइए! अरे, आपने तो उठा ही लिया! बहन सुव्रते!

दुष्यंत : आप लोग चौंक क्यों पड़ीं? और क्यों मुझे मना किया था?

पहली तपस्विनी : यह अपराजिता नाम की जड़ी है। इसके जातकर्म के समय भगवान् कश्यप ने इसे दिया था और कहा था कि यदि भूमि पर गिर पड़े तो बच्चे के अतिरिक्त सिर्फ माँ-बाप ही उठाएँ।

दुष्यंत : यदि दूसरा उठाए तो!

पहली तपस्विनी : तो नागिन बनकर यह डँस लेगी। हमने कई बार ऐसा होते देखा है, आर्य-श्रेष्ठ!

दुष्यंत : तो मेरा चिरवांछित मनोरथ पूरा हो गया! आओ बेटे, मैं तुझे गोद में ले लूँ—आह!

बालक : मुझे छोड़ दो, छोड़ दो। मैं माँ के पास जाऊँगा!

दुष्यंत : मेरी गोद में ही चलकर माँ का अभिनंदन करो बेटे!

पहली तपस्विनी : सुव्रते! क्या देख रही हो, जाकर बहन शकुंतला को यह सुसंवाद सुनाओ। यह पौरव कुल-कमल-दिवाकर दुष्यंत हमारे सामने है!

दुष्यंत : वह कौन आ रही है? क्या शकुंतला है? आह, कैसी सूख गई है! ये धूसरित वस्त्र, यह मुर्झाया चेहरा, एकमात्र वेणी—प्रिये! प्रिये!

शकुंतला : नाथ, नाथ!

बालक : माँ, यह कौन है?

शकुंतला : तुम्हारा भाग्य अब उदय हुआ बेटे, पिताजी को प्रणाम करो!

[कश्यप का प्रवेश]

कश्यप : तुम दोनों का यह पुनर्मिलन सुखमय हो! इंद्र तुम्हारी प्रजा पर हमेशा जल बरसाते रहें, तुम सदा यज्ञ करके उन्हें संतुष्ट किए रहो और सौ युगों तक मिल-जुलकर संसार का कल्याण करते हुए तुम दोनों उत्कर्ष और प्रशंसा प्राप्त करो! तुम्हारी जय हो, जय हो!

शुभाकांक्षा—

राजा सदा प्रजा की भलाई में लगे रहें; वाणी की वीणा संसार भर में झंकृत होती रहे और नील-लोहित भगवान शंकर हमें आवागमन से मुक्त कर दें।

□□□